LE PROFIL DE L'ASSASSIN

LES ENQUÊTES DE L'INSPECTEUR HIGGINS

1. Le Crime de la momie

2. L'Assassin de la Tour de Londres

3. Les Trois Crimes de Noël

4. Le Profil de l'assassin

À paraître :

Avril 2012
    5. Meurtre sur invitation

Juin 2012
    6. Crime Academy

Octobre 2012
    7. L'Énigme du pendu

Janvier 2013
    8. Qui a tué l'astrologue ?

Christian Jacq

LE PROFIL DE L'ASSASSIN

Les enquêtes de l'inspecteur Higgins

Pour toute correspondance avec l'auteur
écrire à :
Christian Jacq s/c de
J Éditions
16, boulevard Saint-Germain
75006 Paris

Infos-livres-nouveautés
www.j-editions.fr

© Christian Jacq, 2011.

Illustration de couverture : © fotolia.com

ISBN : 9791090278172

L'Égypte menant à tout, j'ai eu la chance, lors d'un séjour de recherche au British Museum, de rencontrer un personnage extraordinaire. Aimant se faire appeler Higgins, en dépit de ses titres de noblesse, cet inspecteur de Scotland Yard avait été chargé d'un grand nombre d'enquêtes spéciales, particulièrement complexes ou « sensibles ».

Entre nous, le courant est immédiatement passé. D'une vaste culture, Higgins m'a accordé un privilège rare en m'invitant dans sa demeure familiale, une superbe propriété au cœur de la campagne anglaise. Et il m'a montré un trésor : ses carnets relatant les affaires qu'il avait résolues.

J'ai vécu des heures passionnantes en l'écoutant et obtenu un second privilège : écrire le déroulement de ces enquêtes criminelles, fertiles en mystères et en rebondissements.

Voici l'une d'entre elles.

— 1 —

L'assassin la suivit dès qu'elle sortit du restaurant.

Elle était brune, jolie, ni trop grosse ni trop maigre. Et elle avait vingt-trois ans ; pas vingt-quatre, pas vingt-cinq. Vingt-trois. L'assassin ne se trompait jamais sur l'âge de sa proie. Chaque bon chasseur avait un don ; lui, il devinait l'âge exact de la brune à laquelle il allait offrir une belle mort.

Et il possédait aussi l'instinct du moment juste. Parfois, il fallait agir rapidement ; parfois, savoir attendre.

Elle marchait vite, pressée de rentrer chez elle. La journée avait été dure, le patron exigeant, certains clients insupportables. Et quand on occupait son premier emploi, on voulait convaincre et ne pas décevoir.

L'assassin détestait les femmes oisives. Elles mouraient d'ennui et le méritaient bien. Cette petite-là, au contraire, se battait courageusement pour faire sa place au soleil londonien, bien présent en ce début du mois de juin.

Les météorologues redoutaient même une sorte de canicule. Tout se détraquait dans cette société pourrie, même le climat. Malgré sa bonne volonté, l'assassin ne pouvait pas remettre de l'ordre partout. Il se contentait de mener une vie rangée, de bien faire son métier, de ne gaspiller ni l'eau ni l'électricité, et de trier ses déchets ménagers.

En supprimant ses victimes, il ne causait aucun désordre. Au contraire, il redonnait la paix à des créatures agitées, incapables de trouver le bon chemin. Si leurs péchés étaient pardonnés par le tribunal de l'au-delà, elles le remercieraient.

Et si elles ne le remerciaient pas, tant pis pour elles. Les femmes comprenaient rarement leurs bienfaiteurs, et se plaignaient souvent à tort et à travers. En supprimer quelques-unes était une œuvre de salubrité publique.

Elle marchait vite, avec une belle énergie. L'assassin imaginait son petit appartement : moderne, mal agencé, dépourvu de charme. Cette ambitieuse ne songeait qu'à son travail et à prendre la place de son patron. Un jour ou l'autre, elle aurait joué un mauvais tour à ce malheureux.

Une vicieuse… Oui, cette petite était une vicieuse ! Au fond, elle méritait son sort. Et l'assassin n'était que l'instrument du destin. Un destin qui empêcherait cette mauvaise graine de s'épanouir et de polluer son environnement. Quelle horrible mère elle aurait été ! Cette sadique aurait martyrisé ses enfants, les privant de tout, leur interdisant de jouer, de manger des bonbons et de travailler correctement à l'école. La laisser vivre eut été une faute impardonnable.

Enfin, elle ralentit l'allure.

Encore une centaine de mètres, et il y aurait, sur la gauche, une ruelle idéale, silencieuse, obscure et à l'abri des regards.

L'assassin se rapprocha.

En un instant, il devint un fauve.

Ses forces et sa vivacité décuplèrent. Au moment où la jeune serveuse passait devant la ruelle, il la poussa violemment, l'empêcha de crier en plaquant une main sur sa bouche.

De son bras droit, d'un geste sûr et précis, il lui brisa la nuque.

Contre lui, elle devint molle, ridicule poupée désarticulée.

Il l'allongea sur les pavés et la regarda avec dédain.

Sa réussite n'était donc que partielle. Il lui faudrait recommencer et trouver une meilleure victime expiatrice, digne de sa croisade.

Personne ne le comprenait… Enfin, presque personne. Et cette compréhension-là était-elle suffisante ? Au fond, peu importait. Pas après pas, il avançait. L'obstination n'était-elle pas la première des qualités ?

La jolie brune ne s'agitait plus, le doux repos méritait le respect. De son sac, l'assassin sortit les objets indispensables à une mort tranquille.

Le fauve était redevenu un être paisible, presque attendri par ce cadavre dérisoire. Pourquoi cette femme sans importance avait-elle eu la vanité de croiser son chemin ?

Son rituel accompli, l'assassin se sentit si léger qu'il éprouva le besoin de passer quelques moments de détente dans un pub où de joyeux assoiffés plaisantaient à qui mieux mieux. S'encanailler de temps à autre n'était-il pas une sorte de piment ?

Un ignoble brandy lui brûla l'estomac. Indifférent à cette petite douleur, l'assassin songea à sa prochaine rencontre. Elle serait brune, jolie, aurait entre vingt et trente ans, et serait la femme idéale, digne de lui.

— 2 —

Concentré à l'extrême, l'ex-inspecteur-chef Higgins regarda avec inquiétude le soleil se lever. Avec des pointes à 21°, ce mois de juin était beaucoup trop chaud, et il n'avait pas plu depuis une dizaine d'heures sur The Slaughterers[1], le petit bourg paisible du Gloucestershire où était sise la belle demeure familiale datant du XVIIIe siècle que Higgins appréciait tant. Avec son toit d'ardoises, ses murs de pierre blanche et son porche soutenu par deux colonnes, l'élégante bâtisse offrait un havre de paix inégalable. Environnée de chênes centenaires, puissants et rassurants, elle échappait à l'agitation du monde moderne.

Pourtant, en ce petit matin marqué par des conditions climatiques dangereuses, l'angoisse nouait la gorge de l'ex-inspecteur-chef.

Tout se jouerait dans les minutes qui allaient suivre.

Depuis plusieurs semaines, il attendait ce moment crucial. En ces instants fatidiques, il se remémorait chacun de ses gestes, espérant n'avoir pas commis d'erreur.

Bien entendu, il n'avait utilisé aucun produit chimique. Mais le premier bouton de Nil bleu allait-il s'épanouir ?

---

1. Les Assassins.

D'expérience, Higgins savait qu'une rose aussi délicate ne poussait que par amour.

Et le miracle se produisit.

Jaillissant de la longue tige fragile, la vie fit naître Nil bleu dans la roseraie de l'ex-inspecteur-chef qui aurait volontiers passé la journée à contempler ce spectacle si une voix impérieuse n'avait pas brisé sa méditation.

— Il n'y a pas que les roses dans l'existence, déclara la gouvernante, Mary. Il y a aussi votre maudit chat qui a renversé une bouteille de lait et sali toute ma cuisine. Si vous n'intervenez pas, je lui flanque une fessée !

Âgée de soixante-dix ans depuis toujours, Mary avait traversé les guerres mondiales avec le sang-froid des gouvernantes de qualité. Croyant en Dieu et en l'Angleterre, elle gardait bon pied bon œil et tentait d'apporter un peu de modernité dans cette vieille demeure. Lectrice assidue des journaux à scandales, elle décachetait à la vapeur le courrier de Higgins qui faisait semblant de ne pas s'en apercevoir.

La menace pesant sur Trafalgar étant réelle, Higgins abandonna Nil bleu et partit à la recherche du matou, un siamois gastronome et susceptible. En cas d'urgence, il se réfugiait dans le bureau de l'ex-inspecteur-chef où Mary n'était pas autorisée à déplacer le moindre papier. Deux armoires médiévales ornées d'un dragon et d'un phénix, hermétiquement closes, préservaient les dossiers d'affaires criminelles sensibles et les carnets noirs en moleskine contenant les notes de Higgins qui avaient permis l'arrestation des assassins.

Conscient de sa faute grave, Trafalgar s'était installé sur le bureau. Fixant Higgins de ses yeux bleus, il semblait prêt à négocier. Une franche discussion se déroula et le siamois s'engagea à ne plus défier Mary, sous peine d'être privé de son lait provenant d'une vache normale, non vaccinée, mangeant de l'herbe et soignée avec tendresse par un éleveur qui ne l'enverrait pas à l'abattoir.

Restait à présenter des excuses officielles à Mary, tâche délicate dont Higgins accepta de se charger.

En franchissant le seuil de la vaste cuisine, équipée d'un nombre incalculable d'ustensiles et, malheureusement, d'une télévision et d'un téléphone, Higgins adopta un profil bas.

Les mains sur les hanches, Mary écouta ses explications jusqu'au moment où un bruit de moteur très caractéristique lui fit tourner la tête vers l'allée principale.

– Les ennuis recommencent, déplora-t-elle.

— 3 —

Le superintendant de première classe Scott Marlow était l'un des piliers de Scotland Yard. Bon vivant, souffrant d'un léger embonpoint dû à l'abus de plats en sauce et de bière forte, il se vouait corps et âme à la police de Sa Majesté. Fervent admirateur de la reine Victoria et d'Élisabeth II, il ne s'offrait qu'un luxe : une vieille Bentley aux poumons fragiles mais au cœur solide. Ce printemps ensoleillé la requinquait et son moteur ronronnait d'aise sur les routes du Gloucestershire.

Certes, Marlow aurait dû téléphoner à Higgins, mais la situation était tellement grave qu'il avait préféré quitter son bureau ultra-moderne sans prévenir personne et s'entretenir de vive voix avec l'ex-inspecteur-chef.

Le convaincre de reprendre du service ne serait pas facile mais, étant donné les circonstances, Marlow ferait appel à son exigence de vérité. La mise à la retraite anticipée de Higgins avait été une erreur grave, dont les causes réelles demeuraient inconnues. Refusant toute compromission et détestant les petites combines de sa hiérarchie, l'ex-inspecteur-chef ne s'était jamais montré d'un caractère facile.

La vieille Bentley s'immobilisa en douceur. Ces promenades à la campagne lui faisaient le plus grand bien ; en

15

ville, à cause de la pollution croissante, elle souffrait de bronchite.

— Vous arrivez bien, superintendant, jugea Mary. J'ai préparé du caviar d'aubergines, du bœuf en daube et une île flottante.

— Je ne voudrais pas…

— Votre collègue vous attend dans la salle à manger.

Mary étant une excellente cuisinière, Marlow se régalait d'avance. Et le Royal Salute, un whisky estimable que lui servit Higgins, lui donna du courage.

— Comment vous portez-vous, mon cher Marlow ?

— Le physique se maintient, le moral est au plus bas. Vous, vous rajeunissez.

De taille moyenne, les cheveux noirs et les tempes grisonnantes, la lèvre supérieure ornée d'une moustache poivre et sel finement taillée, Higgins avait l'œil vif et inquisiteur. Il attirait naturellement la confiance et aurait pu devenir le meilleur confesseur du royaume s'il n'avait décidé de lutter contre le crime. Né sous le signe du chat, selon l'astrologie orientale, il ne perdait jamais son calme et demeurait attaché à des valeurs périmées, comme la droiture ou la loyauté. C'est pourquoi il avait renoncé à de hautes fonctions administratives pour s'occuper de son domaine, de ses roses, discuter avec Trafalgar, et relire les bons auteurs au coin de la cheminée.

Une belle ondée arrosa The Slaughterers. Soulagé, Higgins invita son hôte à s'asseoir dans un confortable fauteuil en cuir. Ici, il faisait bon oublier le tumulte et le désordre du monde moderne.

— Votre whisky est une pure merveille, déclara Marlow.

— Et Mary est au sommet de son art, précisa Higgins à voix basse. À mon avis, vous vous souviendrez de son déjeuner. De plus, je vous propose un Marquis de Vargas grande réserve, digne des meilleurs bordeaux. Le rioja espagnol est célébré depuis fort longtemps, mais reste trop méconnu. Oubliez donc vos soucis et profitez de ces bons moments.

Mary apporta de délicieux canapés aux anchois et aux concombres, agrémentés d'oignons doux.

— Vous avez maigri, dit-elle au superintendant.

— Je fais une demi-heure de gymnastique chaque samedi et…

— Ne fatiguez pas inutilement votre cœur. Manger de bons produits ne fait pas grossir ; terminez ces canapés et mettez-vous à table.

Marlow se régala, au point d'oublier pendant quelques minutes la raison qui l'avait conduit à troubler la sérénité de Higgins.

— La vie à Scotland Yard n'est pas toujours drôle, avoua-t-il. Trop de jeunes loups inexpérimentés, le poids de l'administration, le jeu politique… Mais je garde le cap.

— Les progrès scientifiques ne permettent-ils pas de résoudre la quasi-totalité des affaires criminelles ?

Le superintendant poussa un soupir.

— Certains l'espéraient, ils ont dû déchanter ! Certes, la technologie évite des erreurs et procure des preuves irréfutables, mais les criminels progressent, eux aussi. Ils connaissent nos méthodes et tentent de nous abuser.

L'île flottante touchait au sublime.

— Ne me dites pas que vous redoutez un crime parfait, mon cher Marlow !

— S'il n'y en avait qu'un seul…

— Un tueur en série ?

— Déjà quatre victimes. Quatre femmes brunes, jeunes et jolies.

— Un rituel ?

17

— Toujours le même processus, en effet. L'assassin leur a brisé la nuque et disposé des objets identiques sur les cadavres.

— Autant d'indices déterminants pour l'identifier rapidement, avança Higgins.

— Je le supposais, mais des analyses très poussées ne nous ont procuré aucune piste sérieuse. Nos services travaillent d'arrache-pied, croyez-le bien ; néanmoins, toute science a ses limites.

— L'ordre et la méthode, mon cher Marlow : n'oubliez pas ces clés-là.

— Il y a aussi votre intuition, Higgins, et vous seul pouvez la manier ! Hier a été découverte la quatrième victime. Et ce ne sera certainement pas la dernière.

La détresse du superintendant faisait peine à voir. Même l'excellent rioja, charpenté à souhait, ne le dérida pas.

— J'ai besoin d'un sérieux coup de main, reconnut Marlow. Et vous seul pouvez me le donner.

Mary apporta une bouteille de vrai cognac.

— Goûtez-moi ça, superintendant, recommanda-t-elle ; vous oublierez vos idées noires.

Puis elle fixa Higgins.

— Je prépare votre valise, décréta-t-elle. Tâchez de ne pas traîner trop longtemps à Londres, c'est désastreux pour votre santé.

— 4 —

Avant d'arriver au siège de Scotland Yard, qu'il n'appelait jamais « New », Marlow fut contraint de préciser un détail gênant qui risquait de contrarier Higgins.

— La hiérarchie m'a imposé un *profiler* ou, plus exactement une profileuse. On utilise ce genre de spécialistes dans les affaires de meurtres en série. Rassurez-vous, c'est une jeune femme très sérieuse. Elle a fait des études de droit, de psychologie et de criminologie, sans oublier des stages approfondis de police scientifique et de médecine légale.

— Oxford ou Cambridge ? demanda Higgins.

Marlow hésita.

— Oxford.

L'ex-inspecteur-chef ne commenta pas. Lui, ancien étudiant de Cambridge, ne fréquentait guère « les autres ».

— Je me suis permis d'évoquer votre éventuelle intervention, ajouta le superintendant. Bien entendu, Angota Kingsley avait beaucoup entendu parler de vous, et je suis persuadé qu'elle se montrera très coopérative.

— L'essentiel consiste à arrêter l'assassin au plus vite. Quelles conclusions Babkocks a-t-il tirées de l'examen des cadavres ?

Les mains de Marlow se crispèrent sur le volant et la vieille Bentley toussota.

19

— Je voulais les lui confier, mais un ordre venu d'en-haut a désigné un autre médecin légiste.

— En ce cas, mon cher Marlow, inutile de poursuivre cette conversation. Veuillez me ramener chez moi.

— Le docteur Rospin est un spécialiste fort apprécié, affirma le superintendant et...

— Je ne travaillerai qu'avec Babkocks, trancha Higgins ; dans une pareille tourmente, lui seul est capable de me fournir des éléments indiscutables à partir desquels réfléchir.

— Entendu, céda Marlow. Je me débrouillerai.

Higgins imaginait la pile de dossiers que le superintendant aurait à remplir pour modifier une décision administrative. Mais pas question de céder sur ce point-là.

— Quand a eu lieu le premier crime ? demanda l'ex-inspecteur-chef.

— Il y a deux mois. Quinze jours plus tard, le deuxième. Deux semaines après, le troisième. Et hier, le quatrième.

— Un intervalle presque régulier.

— Vous comprenez pourquoi je suis sur les dents ! À l'évidence, l'assassin va continuer.

— Impossible à dire, jugea Higgins. Peut-être sa sinistre série de crimes s'arrêtera-t-elle là.

— Dieu vous entende !

— Parlez-moi des victimes.

— La première s'appelait Janet Wilson, était âgée de vingt et un ans et travaillait comme vendeuse dans un supermarché. La deuxième, Samanta Jones, vingt-deux ans, étudiante en égyptologie. La troisième, Maureen Latcher, femme de ménage, vingt-quatre ans. Et la quatrième, Margaret Thorp, vingt-trois ans, serveuse de restaurant.

— Toutes célibataires ?

— Toutes, et sans enfants.

— Des fiancés ou des petits amis ?

– Rien de sérieux. Nous avons quand même vérifié les alibis de leurs relations masculines pour l'heure du crime, du moins pour les trois premières. En ce qui concerne la quatrième, l'enquête est en cours.

– Et la famille ?

– Janet Wilson était fille unique, et ses parents vivent au Pays de Galles. Ceux de Samanta Jones sont divorcés, le père réside aux États-Unis, la mère en Espagne. Les parents de Maureen Latcher sont morts il y a deux ans dans un accident de voiture. Quant à ceux de Margaret Thorp, ils tiennent une boutique d'articles de pêche à Brighton. On a procédé à des interrogatoires, et nous n'avons pas oublié les frères et les sœurs de Samanta Jones et de Maureen Latcher, mis hors de cause. Le frère aîné de la dernière victime se trouve en vacances au Canada, et nous ne tarderons pas à le joindre.

– Existait-il des liens entre les victimes ? interrogea Higgins.

– Aucun.

De la poche intérieure de sa veste, Higgins avait sorti un petit carnet noir sur lequel, avec un crayon Staedler Tradition B finement taillé, il notait les premières indications fournies par le superintendant. À l'heure de l'agenda électronique et du tout informatique, l'ex-inspecteur-chef demeurait fidèle à ces outils désuets qui lui permettaient d'organiser sa pensée au rythme de l'écriture manuelle.

– Trois de ces jeunes femmes occupaient des emplois modestes, remarqua-t-il. La quatrième, semble-t-il, poursuivait de longues études ; devenir égyptologue exige beaucoup d'obstination.

– D'après ses professeurs, précisa Marlow, elle se montrait fort brillante et, malgré son jeune âge, faisait preuve d'une étonnante maturité. Elle travaillait déjà à sa thèse, et on lui promettait une remarquable carrière dans une discipline particulièrement ardue. Bien entendu, Higgins, tous les dossiers accumulés par les enquêteurs sont à votre entière disposition.

— Je ne manquerai pas de les consulter, le moindre détail compte. Vous avez omis de me parler du domicile des victimes.

— Samanta Jones possédait un bel appartement à Chelsea. Janet Wilson habitait la banlieue est, Maureen Latcher la banlieue ouest et Margaret Thorp louait un deux pièces dans le quartier de Whitechapel. Elles vivaient loin les unes des autres.

La vieille Bentley se gara fièrement devant New Scotland Yard. Essoufflée, elle était heureuse d'avoir mené ses passagers à bon port.

Scott Marlow craignait d'apprendre de mauvaises nouvelles, Higgins pressentait que cette affaire serait particulièrement difficile à résoudre.

— Jusqu'à présent, indiqua le superintendant, nous avions réussi à museler la presse. Juste avant le quatrième meurtre, il y a eu des fuites ; à présent, les journalistes vont se déchaîner.

— 5 —

Le superintendant ne se trompait pas.

Trois journaux à scandales parlaient du nouveau tueur en série et de l'impuissance de la police. Les noms des victimes, les lieux, les circonstances : tout était faux. Et les auteurs des articles incendiaires variaient entre dix et trente meurtres. Bien entendu, Jack l'Éventreur revenait sur le tapis.

— Vous avez dix demandes d'interviews, dit un planton au superintendant.

— Renvoyez ces charognards !

— Je ne vous le conseille pas, intervint Higgins ; choisissez-en deux ou trois, et félicitez-les pour leur prose. Annoncez-leur que l'enquête en cours recoupe certaines de leurs hypothèses et que vous tiendrez une conférence de presse hebdomadaire. Surtout, parlez-leur ; ils déformeront vos propos mais vous accorderont un peu de répit.

Marlow hocha la tête. Higgins n'avait pas tout à fait tort.

— Demandez aux charognards de patienter, dit-il au planton.

Le superintendant conduisit l'ex-inspecteur-chef au bureau de la profileuse. Penchée sur un dossier, la jeune femme, fort élégante, affichait un visage sévère.

Le superintendant toussota.

Angota Kingsley leva lentement la tête.

— Mademoiselle, je vous présente l'inspecteur Higgins.

La profileuse fixa très longuement l'arrivant.

— J'espère que votre collaboration sera fructueuse, avança Marlow, gêné.

— Je n'en ai pas l'impression, dit-elle d'une voix tranquille.

— Pourquoi ce pessimisme ? s'étonna Higgins, paisible.

— Je ne crois pas au mélange des genres, inspecteur. Moi, je viens d'un monde scientifique qui respecte des règles strictes ; vous, vous êtes issu de ce que l'on peut appeler la vieille école.

— Parfaitement exact, mademoiselle.

— Ah… Vous le reconnaissez ?

— La malhonnêteté serait un défaut impardonnable chez un enquêteur, ne croyez-vous pas ?

— En effet, inspecteur. Mais comment vous plieriez-vous aux méthodes nouvelles ?

— D'abord, en les découvrant ; ensuite, en les comprenant. Et puis l'essentiel n'est pas là, me semble-t-il. Un assassin vient de tuer quatre jeunes femmes, et il projette peut-être d'autres crimes. L'arrêter au plus vite ne serait-il pas notre but commun ?

— C'est une évidence, mais je ne vois vraiment pas quelle aide vous pourriez nous apporter.

— Nous piétinons, mademoiselle, rappela Scott Marlow. L'expérience et l'intuition de l'inspecteur Higgins pourraient être décisives.

Angota Kingsley se leva.

De taille moyenne, élancée, elle jeta un regard noir au superintendant.

— J'ai simplement besoin de temps. Mes études et mes diplômes plaident en faveur de mon sérieux ; que les spécialistes continuent à me fournir des éléments valables, et je parviendrai à établir le profil de l'assassin. Alors, nous l'arrêterons. Et si vous ne me permettez pas de travailler correctement, demandez mon affectation à un autre service.

— Votre attitude me surprend, mademoiselle. J'attendais de votre part davantage d'ouverture d'esprit.

— Mélanger les méthodes nous conduira forcément à l'échec, estima Angota Kingsley.

— Eh bien, proposa Higgins, ne les mélangeons pas.

La profileuse parut intriguée.

— Que proposez-vous ?

— Je n'interviendrai d'aucune manière dans votre démarche et me contenterai de rechercher l'assassin à partir des éléments matériels de l'enquête et du profil que vous établirez. Et puis un point décisif devrait vous rassurer : nous ne sommes pas en compétition. Votre carrière débute, la mienne est terminée, je ne recherche ni poste ni honneurs. Lors de l'arrestation de l'assassin, c'est de votre succès dont on parlera. Je suis ici uniquement pour prêter main-forte à mon ami Marlow, dans la mesure de mes moyens, et je regagnerai avec bonheur ma retraite campagnarde.

Pour la première fois, Angota Kingsley se détendit et un léger sourire apparut sur ses lèvres. Les derniers arguments de Higgins avaient touché juste.

— Ne devrions-nous pas aller dîner tous les trois dans un restaurant convenable ? avança l'ex-inspecteur-chef.

La profileuse ne réfléchit pas longtemps.

— Entendu.

— Je vous propose l'une des plus anciennes tavernes de Londres, Ye Olde Cheshire Cheese, dans Fleet Street.

— J'y serai à vingt heure quinze.

S'emparant de ses dossiers, la profileuse quitta son bureau sous le regard sévère de Scott Marlow.

— Vous vous êtes montré d'une patience exemplaire, Higgins. À votre place, j'aurais passé un sacré savon à cette prétentieuse !

— Soyons indulgents, superintendant. Cette jeune femme hérite d'une affaire complexe, elle veut faire ses preuves, et ses nerfs sont à vif. À sa place, ni vous ni moi ne nous serions comportés autrement. Croyant son territoire menacé, elle l'a défendu ; à moi de la convaincre que je ne représente pas un danger. Auriez-vous l'obligeance de passer me prendre au Connaught ?

L'hôtel préféré de Higgins était le plus beau fleuron de Carlos Place. Traditionnel à souhait, il incarnait le confort anglais, excluant le modernisme agressif. Peu nombreuses, les chambres étaient difficiles à obtenir ; quel que fût le moment de l'année, la direction en trouvait toujours une pour Higgins.

« Drôle de bonhomme », pensa Scott Marlow en le regardant s'éloigner. « Au fond, sa réputation de séducteur n'est peut-être pas usurpée. »

— 6 —

Construite en 1677, la taverne Ye Olde Cheshire Cheese ne manquait pas de pittoresque. Tables en chêne, cheminée et murs noircis par des générations de fumeurs de pipe évoquaient la vieille Angleterre. Ici, Samuel Johnson avait rédigé son *Dictionnaire* en buvant des chopes de bière brune et en mangeant des biscuits. De petites lanternes accrochées à un bras en bois fixé dans le mur éclairaient faiblement les dîneurs.

Higgins avait réservé une table tranquille. Au grand étonnement de Scott Marlow, Angota Kingsley avait un solide appétit et une bonne descente ; elle apprécia la bière brune, les côtes d'agneau grillées et l'*apple pie*[1]. Détendue, la profileuse évoqua ses études à Oxford et Higgins ne manqua pas d'évoquer les magnifiques édifices de la vieille cité ; avec tact, il évita de rappeler l'incontestable supériorité de Cambridge.

Discrètement maquillée, vêtue d'une blouse en cachemire et d'un jeans bleu pâle, la profileuse était ravissante. On ne l'imaginait pas se préoccupant de meurtres abominables.

Elle ne refusa pas un alcool de prune, puis sortit de sa sacoche un épais dossier.

---

1. Spécialité de tarte aux pommes.

— Nous avons suffisamment perdu de temps à nous distraire, estima-t-elle. Avez-vous étudié les indices, inspecteur Higgins ?

— J'attendais votre analyse, mademoiselle.

— Le superintendant ne vous a-t-il pas informé ?

— Cette tâche vous revenait, déclara Scott Marlow, solennel.

— Merci de votre respect, dit Angota Kingsley, surprise et ravie. Voici donc les faits : quatre jeunes femmes, assassinées de la même manière, les vertèbres cervicales brisées. La plus jeune avait vingt et un ans, la plus âgée vingt-quatre. Toutes brunes, sveltes et très jolies. Aucune n'a été violée. L'assassin procède à une sorte de rituel en déposant sur le cadavre cinq objets. Je vous propose de partir de la tête pour aboutir aux pieds.

Higgins et Marlow approuvèrent.

— La tête est intacte, précisa la profileuse ; pas la moindre trace de violence. En revanche, les yeux sont cachés par un beau mouchoir de lin brodé fixé par un élastique. L'assassin tenait absolument à ce que ses victimes n'aient plus de regard.

— Qu'en concluez-vous ? demanda Higgins.

— Pas de déductions hâtives, inspecteur. Je préfère exposer la situation dans son ensemble.

Gardant son calme, Higgins acquiesça.

— Deuxième indice, une petite bouteille de lait posée sur la poitrine, et scotchée avec un adhésif. Toujours la même marque, Lactornat, et la même contenance.

Ni Marlow ni son collègue n'osèrent poser de questions.

— Troisième indice, poursuivit la profileuse en étalant sur la table les photographies des victimes, un petit morceau d'une pierre semi-précieuse, le lapis-lazuli, enfoncé dans le nombril.

Le superintendant et l'ex-inspecteur-chef demeurèrent muets.

— Quatrième indice, une tulipe et une rose artificielles, en soie, fichées dans le sexe de la victime.

— La couleur ? demanda Higgins.

— Rouge vif.

— Taille identique ?

— Strictement identique, à quelques millimètres près.

— Et le cinquième indice ?

— Une chaussette de fil d'Écosse orange passée au pied gauche.

— Certaines victimes portaient-elles des bas ou des collants ?

— Aucune, sans doute en raison de la chaleur régnant sur Londres depuis deux mois. L'assassin a ôté leurs chaussures, laissé un pied nu et recouvert l'autre. Malheureusement, pas la moindre empreinte ! La police scientifique ne tardera pas à nous procurer des analyses détaillées sur chacun de ces objets, mais nous fourniront-elles une piste ?

— Cette profusion d'indices devrait faciliter l'enquête, jugea Higgins.

— Et si ce n'était pas le cas ? s'inquiéta la jeune femme. Un épais dossier ne conduit pas obligatoirement au coupable. Nous disposerons d'une quantité d'informations techniques, certes, et j'espère qu'au moins l'une d'elles nous orientera. Mais nous pouvons aussi nous noyer dans une masse de détails sans importance.

— J'ai deux exigences, annonça Higgins, paisible.

— Ah… Lesquelles ?

— D'abord, le réexamen des cadavres par le légiste Babkocks.

— Vous n'avez pas confiance en Rospin ?

29

— Babkocks discerne ce que les autres ne voient pas. Or, la véritable cause de la mort est une information essentielle.

— C'est arrangé, indiqua Marlow.

— Et la seconde exigence ? demanda la profileuse.

Higgins eut un léger sourire.

— Connaître vos conclusions, mademoiselle. Vous avez forcément beaucoup réfléchi sur ces cinq indices plutôt surprenants et donc dressé au moins une esquisse du profil de l'assassin.

— Je mentirais en prétendant le contraire, avoua Angota Kingsley. Ces objets sont révélateurs et permettent de tracer un véritable portrait.

— Nous vous écoutons, dit Marlow impatient.

— Pas ici. J'aimerais avoir mes fiches sous les yeux.

— Comme le temps presse, observa Higgins, acceptez-vous de continuer cette réunion de travail à Scotland Yard ?

— Allons-y.

— 7 —

La profileuse étala sur son bureau une cinquantaine de fiches, sorties de son imprimante ultra-rapide.

— Grâce aux transversales informatiques, expliqua-t-elle, j'ai pu récupérer une multitude de données dont certaines figurent dans cette enquête. Ce que je vais vous apprendre n'est pas le produit de mon imagination, mais le fruit d'un travail scientifique aussi rigoureux que possible.

— Nous n'en doutons pas, dit Higgins.

— Pourtant, ce genre d'investigations ne vous est pas familier !

— Exact, mais j'aime les professionnels et les gens compétents.

Angota Kingsley rosit.

— Passons sur les techniques utilisées, fort complexes, et allons directement aux résultats, décida-t-elle. Sans aucun doute, l'assassin est un homme, âgé de trente ans au moins et de cinquante au plus. La fourchette est large, mais je ne peux pas me montrer plus précise. Ce personnage est cultivé, tantôt brillant, tantôt effacé, occupe une position sociale plutôt remarquable et ne manque pas d'ambition. Il a déjà atteint des résultats notables et ne compte pas s'arrêter en si bon chemin. Ses meurtres n'entravent en rien son désir de faire carrière.

— Pourrait-il s'agir… d'un homme politique ? s'inquiéta Scott Marlow.

— Pas impossible, mais le niveau culturel de l'assassin me paraît trop élevé. Il n'a pas besoin de mentir pour convaincre les foules et de palabrer pour se faire apprécier. Je verrais plutôt un haut fonctionnaire, un gestionnaire de société ou bien un universitaire.

— Pas un militaire ? demanda le superintendant.

— Certainement pas. La poésie des crimes, si vous permettez ces termes, exclut cette hypothèse.

— L'assassin serait donc un être sensible, avança Higgins.

— Le contraire d'une brute, en effet ! Il a beaucoup réfléchi sur son existence qu'il juge profondément injuste, en dépit de sa réussite sociale. Et ce sentiment devient parfois si insupportable qu'il le pousse à tuer pour rétablir l'harmonie.

— Ce type est complètement fou ! jugea Marlow.

— Appréciation archaïque, superintendant. Aujourd'hui, on ne raisonne plus en termes aussi simplistes. Disons que nous nous trouvons en présence d'une personnalité double, incapable d'assumer ses contradictions et de combler le fossé entre son comportement ordinaire et sa névrose.

— Pourrait-il cependant y parvenir ? interrogea Higgins.

Angota Kingsley prit un long temps de réflexion.

— À mon avis, non. D'autres experts croiraient peut-être à sa rédemption à l'issue de sa croisade criminelle, mais je suis persuadée du contraire. Cet assassin ne cessera pas de tuer, car il recherche la victime idéale qu'il ne trouvera jamais.

— Cette victime idéale, questionna l'ex-inspecteur-chef, est-elle une mère, une épouse, une maîtresse, une sœur ou bien une fille ?

— Scientifiquement, aucun doute : une mère.

— Ça ne tient pas debout, objecta Scott Marlow : en tenant compte de vos indications, l'assassin serait plus âgé que ses victimes !

La profileuse sourit.

— Quel que soit son âge, l'assassin se réfère à sa mère en tant que petit garçon. Une partie de lui-même est adulte, raisonnable et paisible ; l'autre demeure enfantine et s'attache à l'image d'une mère jeune et belle.

— Pourquoi voudrait-il la tuer ?

— Parce qu'elle l'a martyrisé. Et tous les indices vont dans ce sens, révélant une blessure inguérissable. En recouvrant les yeux des victimes d'un mouchoir de lin brodé, un article de luxe, l'assassin fait à la fois référence à une enfance heureuse et au manque d'attention de sa mère qui a omis de le regarder et de s'occuper de lui. Trop occupée, trop soucieuse de sa beauté, cette mère a refusé d'allaiter son fils, d'où la présence d'une bouteille de lait déposée entre les seins.

Impressionné, Marlow demeurait pourtant sceptique.

— Et le morceau de lapis-lazuli dans le nombril ?

— Une petite énigme difficile à résoudre, reconnut Angota Kingsley. Cette pierre semi-précieuse est le symbole du ciel étoilé, donc de la voie lactée qui donne symboliquement naissance aux corps célestes. En l'associant au nombril, à savoir au cordon ombilical, l'assassin retrouvait la source de vie dont il a été cruellement privé.

— Un vrai tordu ! s'exclama le superintendant.

— Et un érudit, ajouta Higgins. Ce genre d'information n'est pas à la portée du premier venu.

— Exact, reconnut la profileuse. Et la rose conforte votre jugement : dans de nombreuses traditions, cette fleur est symbole du secret. Où l'assassin place-t-il le secret suprême ?

Dans le sexe de la femme, de la mère qui lui a donné naissance en le condamnant aux pires souffrances morales.

– Pourquoi ajouter une tulipe ?

– Je l'ignore.

– Et la chaussette orange ? demanda Marlow, impressionné.

– Je n'ai pas encore d'explication précise, mais je suis persuadée que cet indice est, lui aussi, relié à la mère.

Higgins n'avait cessé de prendre des notes sur son petit carnet noir.

– Vos indications sont extrêmement précieuses, mademoiselle. C'est la première fois que je vois ainsi se dessiner le profil d'un assassin encore hors de portée.

Flattée, Angota Kingsley ne se montra pas pourtant triomphante.

– J'aurais aimé être beaucoup plus précise ; ce portrait n'est qu'une base de départ. Comment progresser ?

– D'abord, en obtenant l'avis de Babkocks ; ensuite, en interrogeant chacun des indices et en gardant présent à l'esprit le visage de l'homme que vous avez tracé. Passez une bonne nuit, mademoiselle.

— 8 —

À 7 h 30, Angota Kingsley se présenta à la morgue. Higgins et Marlow s'y trouvaient déjà.

— Êtes-vous certaine de supporter cette épreuve, mademoiselle ?

— Les stages de médecine légale auraient dû me permettre d'affronter un maximum de visions horribles, mais je ne parviens pas à m'endurcir.

— Moi non plus, avoua le superintendant. Parfois, je suis contraint d'aller prendre l'air.

La profileuse hocha la tête.

— Je n'ai pas l'intention de jouer les fiers-à-bras, promit-elle.

Le bruit infernal d'un moteur de moto trafiqué brisa la conversation. Puis apparut le sosie de Winston Churchill, fumant un gros cigare composé de déchets exotiques qu'il accumulait dans les poches de sa veste d'aviateur en cuir, héritage de la Royal Air Force.

— Salut, superintendant, dit Babkocks d'une voie rauque. Mon vieil Higgins, tu as l'air en pleine forme ! Ça me change de mes patients habituels. Ce matin, moi, je suis crevé… Une nuit d'enfer avec deux Asiatiques, à mon âge, ça vous épuise ! Et qui est cette jeune beauté ?

— Angota Kingsley, la profileuse affectée à mon service, révéla le superintendant.

— Nous voilà en pleine psychologie des profondeurs ! En tout cas, ça nous change des vieux barbons du Yard coincés dans leurs costumes. Attention, jeune fille, je ne donne pas dans le subtil et le délicat. J'espère que vous avez pris un breakfast plutôt léger.

— Je n'ai rien mangé, avoua Angota Kingsley.

— Grave erreur ! Vous voulez un bout de sandwich ?

Ce que sortit Babkocks de sa poche n'excita pas l'appétit de la jeune femme.

— Buvez au moins une goulée de tord-boyaux irlandais. Sans ça, impossible de travailler correctement.

— Non, sans façon.

— Bon, allons-y.

Entrer dans l'antre de Babkocks était un privilège. En dépit des remontrances administratives, il appliquait ses propres méthodes avec ses propres instruments de recherche et d'analyse. Comme il restait le plus rapide et le plus précis, il fallait bien supporter ses manies.

— As-tu abouti à des conclusions définitives ? demanda Higgins au légiste.

— Définitives. Venez d'abord voir mes quatre clientes.

La profileuse suivit les trois hommes.

Allongées sur des tables métalliques et recouvertes d'un drap blanc, Janet Wilson, Samanta Jones, Maureen Latcher et Margaret Thorp se ressemblaient d'une manière surprenante. On aurait juré des sœurs reposant côte à côte. Intacts, les visages étaient paisibles.

— Je les ai un peu arrangées, avoua Babkocks. Les photos prises lors de la découverte des corps sont moins sympathiques.

Le légiste éclaira une table lumineuse.

Les clichés montraient des cous brisés et des visages affolés.

Bouleversée, la profileuse ferma les yeux. Higgins se jura d'arrêter le monstre qui avait commis ces meurtres.

– Afin de ne pas me laisser influencer, indiqua Babkocks, je n'ai pas consulté le rapport de mon collègue avant de procéder à mes propres expertises. Or, nous aboutissons à des conclusions identiques : ces quatre malheureuses ont eu le cou brisé. Pas d'arme blanche, pas de poison, pas de viol, pas d'embrouille.

– État de santé ?

– Correct. Aucune des quatre victimes ne souffrait de maladie grave ; des bricoles, ici ou là, rien de sérieux. La jeunesse, Higgins, rien de tel ! Sauf quand on vous la supprime brutalement.

– Tu n'as donc pas décelé d'anomalie ?

Babkocks ralluma son cigare qui menaçait de s'éteindre. Une étrange odeur, mélange de divers parfums exotiques, agressa les narines de l'assistance.

– Je n'ai pas dit cela.

– Expliquez-vous ! exigea le superintendant.

Le légiste fixa Scott Marlow.

– Avec le cou de taureau que vous avez, je vous prendrais bien pour modèle, mais ça risquerait de mal se terminer. Et puis vous ne ressemblez pas à une frêle jeune fille !

Le légiste se pencha sur chacune des quatre victimes, avec respect et compassion. En dépit de son expérience et du nombre d'horreurs qu'il avait contemplées, il ne s'habituait pas au spectacle du crime. Et il savait que Higgins et Marlow partageaient ses sentiments.

– Les quatre meurtres ont été commis de la même façon, indiqua Babkocks. Un seul geste, rapide et d'une effroyable précision. La précision d'un assassin qui connaît parfaitement l'anatomie et a forcément fait des études de médccine ou d'ostéopathie.

— Éducation supérieure, intervint la profileuse, je vous l'avais dit !

— Ne pourrait-on pas songer à un sportif ? demanda Higgins.

— Un rugbyman suffisamment affûté pour manipuler ses camarades de jeu après une mêlée trop violente... Pourquoi pas ? Mais un joueur tout de même bien informé de la structure des squelettes humains et de ses points faibles ! Aucun amateur n'aurait pu briser quatre cous, même de jeunes femmes, avec une telle perfection technique sans connaissances approfondies et une certaine pratique. Cette certitude devrait limiter le champ des investigations.

Scott Marlow songeait à la liste interminable des professionnels de santé exerçant à Londres... Ce champ-là était vraiment trop large ! Mais la découverte de Babkocks apportait un élément essentiel à l'enquête.

— Merci de nous avoir fourni une base solide, dit Higgins. À présent, nous pourrons progresser.

— 9 —

— Pas trop éprouvée ? demanda le superintendant à la profileuse, lorsqu'ils sortirent de la morgue.

— J'ai connu de meilleurs moments, reconnut Angota Kingsley, mais je sais qu'il faudra m'endurcir. Et j'ai au moins noté que toutes les victimes se ressemblaient. L'assassin choisit toujours le même type de femme ; les repère-t-il au hasard des rencontres ou applique-t-il une stratégie complexe ? En tout cas, les conclusions du légiste confirment que nous recherchons bien un homme d'un haut niveau culturel et scientifique.

— Retournons au Yard, proposa Higgins ; je voudrais vérifier un point précis.

Ressentant l'urgence de la situation, la vieille Bentley de Scott Marlow ne ménagea pas ses efforts et parcourut le trajet en un temps record.

Concentré, l'ex-inspecteur-chef demanda à la profileuse de lui montrer les dossiers des quatre victimes.

Un seul détail préoccupait Higgins. Et il était révélateur.

— Pas de liens personnels entre ces quatre femmes, pas de lien professionnel, mais peut-être un point commun.

— Lequel ? demanda le superintendant, intrigué.

— Le supermarché dans lequel travaillait Janet Wilson se trouve Lane Street, non loin du restaurant où était employée

Margaret Thorp. Et l'étudiante en égyptologie, Samanta Jones, résidait à deux pas. Reste à savoir où travaillait la femme de ménage, Maureen Latcher.

Angota Kingsley feuilleta le dossier de la malheureuse.

— Voici un bulletin de salaire : d'après l'adresse de l'employeur, elle travaillait dans le même quartier que les trois autres !

— Vous avez mis le doigt sur un élément essentiel, Higgins, estima le superintendant. J'aurais dû y penser moi-même.

— J'ai également été négligente, déplora la profileuse.

— Ne nous enthousiasmons pas, recommanda l'ex-inspecteur-chef. Le périmètre concerné est relativement vaste, et il pourrait s'agir d'une coïncidence.

— Sûrement pas ! Je vais multiplier les patrouilles à Chelsea et dans les environs. Et nous allons interroger les autres employés du supermarché, ceux du restaurant, sans oublier le voisinage.

— Il faudra aussi rechercher les clients, ajouta la profileuse. Peut-être certains ont-ils vu quelque chose, voire même croisé l'assassin.

Higgins regarda la jeune femme avec gravité.

— Sans doute ma question vous paraîtra-t-elle stupide, mademoiselle, mais serait-il possible, à partir des éléments dont vous disposez, d'esquisser un portrait *physique* de l'assassin ?

— C'est précisément le terrain sur lequel je ne souhaitais pas m'engager, admit Angota Kingsley. Bien sûr, on se fait d'abord une image mentale du suspect et, peu à peu, on l'habille de chair. Mais c'est accomplir un pas risqué, en outrepassant les frontières de la science. Et la plupart des portraits robots sont loin d'être ressemblants… Alors, ceux issus d'une étude psychologique approfondie !

– Permettez-moi quand même d'insister. Cette tentative restera strictement entre nous et ne sera pas remise telle quelle aux enquêteurs. Nous en tirerons seulement quelques indications.

– Vous me demandez trop, inspecteur ! L'imaginaire n'est-il pas le pire de nos ennemis ? Y céder, c'est courir le risque de commettre une erreur grave en arrêtant un innocent. Vous vous contenterez donc de mes analyses, à partir d'éléments concrets et indiscutables.

Higgins s'assit, dessina un visage sur l'une des pages de son carnet noir, la déchira et la montra à la profileuse.

– Notre assassin ressemblerait-il à ce personnage ?

Angota Kingsley réfléchit longuement.

– Je vois un front plus large, moins haut, des lèvres plus minces, des joues moins pleines et un regard beaucoup plus profond.

L'ex-inspecteur-chef procéda aux rectifications nécessaires.

– Est-ce ressemblant, mademoiselle ?

– Écoutez, je ne veux pas rentrer dans votre jeu ! Cette démarche est aberrante. Je préfère continuer à étudier mes dossiers.

Furibonde, la profileuse se retira dans son bureau.

Elle ne vit pas Higgins froisser le dessin et le jeter dans une corbeille.

– Satané caractère ! constata Marlow.

– Je l'ai soumise à rude épreuve, mais c'était nécessaire. Je voulais savoir si sa discipline lui montait à la tête au point de lui donner l'illusion de la toute-puissance. Elle sait s'imposer des limites et privilégier l'enquête : belle marque de maturité.

– Et beau compliment de votre part, Higgins ! Moi, je veux des résultats concrets et pas de batailles d'experts qui ne mènent à rien. Au moins, grâce à vous, nous avons une certitude : le territoire où opère l'assassin. Et j'ai bien envie de renvoyer cette profileuse à ses recherches universitaires.

– N'en faites rien, mon cher Marlow ; nous avons besoin de toutes les compétences pour arrêter ce monstre. La moindre indication peut se révéler précieuse. À présent, il faut nous concentrer au plus vite sur les indices. Qu'ont découvert vos enquêteurs ?

– Voici leurs rapports.

– Je vais les consulter à mon hôtel, et nous adopterons une stratégie.

Scott Marlow se sentit un peu soulagé. Si Higgins prenait réellement l'affaire en mains, tout espoir de succès rapide n'était pas perdu.

— 10 —

Les quatre mouchoirs de lin brodé avaient été scrutés dans leurs moindres fibres par le laboratoire du Yard. Conclusion : un lin d'une qualité exceptionnelle et un travail artisanal tout à fait remarquable.

À dire vrai, Higgins n'avait pas eu besoin de ces analyses pour identifier les origines possibles de ces petits chefs-d'œuvre. Seuls trois ateliers londoniens étaient capables de les fabriquer. Et vu la perfection de la broderie, l'ex-inspecteur-chef avait une préférence : James and James, dans Bond Street, installé depuis 1802, et fournisseur de pochettes et de mouchoirs dans lesquels, bien entendu, aucun homme de goût n'osait se moucher.

Quand le vendeur principal vit entrer Higgins dans une boutique aux boiseries sombres et chaleureuses, il jaugea immédiatement cet éventuel client. Impeccable costume bleu nuit, chemise blanche haut de gamme, cravate de soie, chaussures sur mesure. Une discussion fructueuse pourrait donc s'engager.

— Puis-je aider monsieur ?

— Je crois que oui.

— Monsieur désire-t-il un article précis ?

— Inspecteur Higgins, de Scotland Yard. J'enquête sur plusieurs meurtres.

43

Le vendeur eut un haut-le-corps.

— En quoi notre respectable maison serait-elle concernée ?

Higgins lui présenta l'un des mouchoirs, plié à l'intérieur d'une pochette en plastique scellée.

— Reconnaissez-vous cette petite merveille comme provenant de votre maison ?

— Sans aucun doute, inspecteur. Il existe beaucoup de contrefaçons, mais aucune ne saurait m'abuser ; je n'ai même pas besoin de toucher le tissu pour l'identifier.

— Bien entendu, vous disposez d'une liste de vos clients.

— En effet.

— Dans les derniers mois, l'un d'eux vous a-t-il acheté plusieurs mouchoirs identiques ?

Le vendeur se rengorgea.

— Chacun d'eux est unique, et toute idée de série est à jamais bannie.

— J'entends bien, mais je vous repose la question.

— Il faudrait que je consulte mes livres et que le directeur me donne son accord.

— Faites donc, je patiente.

Percevant qu'il n'échapperait pas à l'opiniâtreté de ce policier d'une rare correction, le vendeur décida de ne pas faire d'obstruction. Aussi se montra-t-il aussi rapide qu'efficace. Il ne lui fallut pas plus d'un quart d'heure pour obtenir l'autorisation de présenter à l'homme du Yard un registre à la couverture de cuir rouge.

— Parcourons ensemble les six derniers mois, voulez-vous ?

Dans la colonne de gauche, le nom du client. Dans celle du milieu, la désignation de l'article et le nombre de pièces acquises. Dans celle de droite, le mode de paiement.

Une centaine de connaisseurs avaient acquis des mouchoirs brodés à leurs initiales.

Les mouchoirs utilisés par le tueur en série n'en comportaient pas.

— Ces personnes sont parfaitement honorables, précisa le vendeur. Elles sont toutes des habituées de notre maison, et je serais extrêmement surpris, voire choqué, qu'elles fussent mêlées de près ou de loin à une sordide affaire criminelle.

L'ex-inspecteur-chef se montra moins optimiste.

— Parfois, les gens honorables cachent de terribles vices.

— Je ne l'ignore pas, inspecteur. Néanmoins, je confirme ma déclaration. Et je puis vous affirmer, au risque d'employer une expression vulgaire, que j'ai du nez.

Higgins fixa le mouchoir qui avait recouvert les yeux d'une des victimes du tueur en série.

— Avez-vous eu des clients… inhabituels ?

La gorge du vendeur se serra et, pour la première fois, son regard ne soutint pas celui de Higgins.

L'exigence de vérité l'emporta.

— Malheureusement oui, inspecteur. Certains amateurs peu éclairés, y compris des femmes, n'hésitent plus à franchir le seuil de notre maison. Et certains osent acquérir des pièces raffinées qui ne leur correspondent guère. Enfin… le monde évolue. Pas dans le bon sens, je le redoute.

— Parmi ces « amateurs », l'un d'eux vous aurait-il acheté plusieurs mouchoirs de cette qualité sans vous demander de graver ses initiales ?

Le vendeur réexamina l'indice.

— Je crois me souvenir, en effet.

— Réfléchissez bien, c'est très important.

— Une dizaine de mouchoirs brodés de qualité supérieure… Oui, je me souviens.

Higgins frémit.

Déjà quatre meurtres, et une dizaine de mouchoirs ! S'il s'agissait bien de l'assassin, il ne s'arrêterait donc pas là.

— Pouvez-vous me décrire l'acheteur ?

— Pas facile, inspecteur. Il portait un chapeau et des lunettes noires.

— Taille ?

— Assez grand, environ 1,80 m. Plutôt mince, veste en alpaga, pantalon gris.

— Âge ?

— Une quarantaine d'années.

— La voix ?

— Il parlait doucement et n'a prononcé que peu de mots. Je lui ai présenté plusieurs articles, il a choisi le haut de gamme. Il a payé en espèces, et je ne me suis pas permis de lui demander son nom et son adresse. À l'évidence, il s'agissait d'un client occasionnel.

— Avez-vous vu ses yeux ?

— Non, car il n'a pas ôté ses lunettes.

— La forme du visage ?

— Allongée, les joues creusées. Ni barbe ni moustache. Un menton petit et fuyant.

Higgins fit un croquis sur son carnet et le montra au vendeur.

— C'est à peu près ça, inspecteur.

— Et ses mains ?

— Elles m'ont étonné.

— Pour quelle raison ?

— Elles étaient à la fois fines et fortes. Des mains d'intellectuel, sans aucun doute, mais des doigts puissants.

— D'autres détails ?

— Non, je vous ai tout dit.

— Et vous n'avez pas revu ce client ?

— Heureusement non. De sa personne émanait quelque chose d'inquiétant. Je me sentais mal à l'aise, et j'ai été ravi de le voir partir.

— Vous avez bien dit... une dizaine de mouchoirs ?

— En fait, je lui en ai offert un onzième, trop heureux de me débarrasser de lui. Si ma mémoire est bonne, il n'en voulait que dix.

— 11 —

Higgins montra le croquis à Scott Marlow et à la profileuse, Angota Kingsley.

— Serait-ce l'assassin ? demanda-t-elle.

— Impossible de l'affirmer. Mais peut-être sommes-nous face au tueur en série lorsqu'il a acheté des mouchoirs de luxe destinés à voiler le regard de ses victimes. Malheureusement, chapeau et lunettes noires nous empêchent d'obtenir un véritable portrait.

— L'homme tient à échapper à la police, remarqua le superintendant. Il ne veut pas être identifié et adopte des déguisements.

— Je suis extrêmement inquiète, déclara la profileuse. D'après mes dernières analyses, et par comparaison avec d'autres dossiers plus ou moins similaires, nous sommes en présence d'un pervers de la pire espèce, intelligent, rusé et dépourvu de tout sens moral. Il n'établit aucune distinction entre le bien et le mal, et considère qu'il a le droit de donner la mort. Ni regret, ni remords, ni remise en cause de sa croisade meurtrière. Il ne fait pas le moindre cauchemar et dort d'un sommeil paisible.

— Il a acheté une dizaine de mouchoirs, précisa Higgins.

L'atmosphère devint très lourde.

48

— Il va donc perpétrer d'autres crimes, conclut Marlow, lugubre.

— Inévitable, approuva la profileuse, à moins que nous ne l'arrêtions rapidement. Je viens de recevoir l'analyse des bouteilles de lait, toutes de la marque Lactornat, l'une des plus vendues : 1 600 mg de calcium par litre, des protéines, des vitamines A, D, B12, et des extraits de soja. À la différence des mouchoirs, ce n'est pas un produit de luxe ! Les supermarchés de Chelsea doivent en vendre des milliers de litres, et je doute que l'interrogatoire des caissières nous procure la moindre piste.

— Une petite chance, objecta Higgins : que l'assassin soit un maniaque et achète en quantité ce produit, et lui seul. En ce cas, quelqu'un l'aura peut-être remarqué. Et nous pouvons parler d'un homme élégant d'environ 1,80 m.

— Échec assuré, promit la profileuse. L'assassin n'est pas un maniaque et ne commettrait pas ce genre d'erreur. À mon avis, il fréquente divers magasins, apprécie les bons restaurants et ne se lie pas avec les commerçants. Tout en étant poli et aimable, il reste distant et ne donne aucun renseignement sur lui-même et ses activités.

— Je mets quand même du monde sur cette piste-là, décida Scott Marlow. D'abord, vous pouvez vous tromper ; ensuite, certaines vendeuses sont très observatrices.

Angota Kingsley eut un sourire dépité.

— Échec assuré, répéta-t-elle. Parfois, je doute fortement de certaines hypothèses ; en ce cas, je suis sûre de moi. Nous sommes en présence d'un redoutable prédateur, parfaitement normal en apparence, et tout à fait insoupçonnable. Il frappe de manière inattendue, avec violence et sang-froid, et disparaît aussi vite qu'il est apparu. S'il a décidé de supprimer une dizaine de jeunes femmes brunes pour anéantir à jamais l'image de sa mère cruelle et ingrate, puis de retourner à son existence tranquille et bien rangée, il peut réussir à nous échapper.

— Pensez-vous que le nombre de ses victimes soit limité ? interrogea Higgins.

Angota Kingsley joignit les mains en un geste de prière.

— S'il existe, que Dieu vous entende ! Sur ce point, je ne saurais encore me montrer affirmative.

— L'indice procuré par la dizaine de mouchoirs ne vous suffit-il pas ?

— Il peut s'agir d'un trompe-l'œil. Et peut-être la quatrième victime aura-t-elle pleinement assouvi son désir de vengeance.

— Vous n'y croyez pas vous-même, mademoiselle.

— En effet, inspecteur, mais j'espère me tromper !

— Un nouveau meurtre serait un désastre, estima Scott Marlow. Vous imaginez la une de tous les quotidiens et la rafale d'émissions dénonçant l'incompétence de Scotland Yard !

— Au grand patron de calmer les médias, préconisa Higgins. Nous, nous progresserons aussi vite que possible, sans brûler les étapes et passer à côté de la vérité. En ce qui concerne les morceaux de lapis-lazuli fichés dans le nombril des victimes, que dit le laboratoire ?

Le superintendant consulta la note de synthèse.

— Des pierres authentiques, de qualité supérieure.

— Décidément, notre homme est un esthète.

— Ou bien il fait semblant de l'être, précisa la profileuse. N'oubliez pas ses dons de manipulateur.

— Retrouver l'origine de ces fragments de lapis-lazuli pourrait cependant nous aider. Et j'ai une petite idée.

— 12 —

Grand amateur de pierres précieuses et semi-précieuses, Higgins se rendit chez le principal importateur londonien, John Goodhal, un quinquagénaire bourru qui avait beaucoup bourlingué avant de s'installer dans la capitale anglaise.

Il examina attentivement l'un des morceaux de lapis-lazuli prélevé sur le cadavre de l'étudiante en égyptologie.

— Ça provient d'un bloc magnifique, conclut-il. Origine : Afghanistan. Mode de transport : trafic, avec pas mal de risques. Il faut payer des chefs de tribus en espérant qu'ils ne vous tireront pas dans le dos. Le type qui a fractionné cette pierre-là est un sagouin. Et des sagouins capables de mépriser à ce point du lapis-lazuli authentique, je n'en vois que trois.

— L'un d'eux possède-t-il une boutique à Londres ?

— Un seul, Teddy Waxmore, qui réussit à vendre un maximum de faux. Et il possède quelques bonnes filières pour la topaze, le rubis et le lapis-lazuli.

— Je vais donc commencer par lui.

— Candidat idéal, à mon avis. Les deux autres travaillent en free-lance et n'ont pas son envergure.

À Soho, le magasin de Teddy Waxmore ne manquait pas d'allure. Il proposait un nombre considérable de pierres et même des morceaux de bois préhistorique pétrifié datant

51

de plusieurs millions d'années. Mais certains rubis brillaient un peu trop, et le lapis-lazuli sur lequel se penchait Higgins risquait de perdre une bonne partie de son éclat si l'on avait la mauvaise idée de le rincer à l'eau chaude.

— Cette superbe pièce vous intéresse-t-elle ? lui demanda un bellâtre bronzé à la voix douceâtre.

— D'une certaine manière répondit Higgins. Seriez-vous Teddy Waxmore ?

— Lui-même. Comme vous m'êtes très sympathique, je peux vous faire un bon prix.

— Un faux n'est-il pas toujours trop cher ?

Le ciel tomba sur la tête de Waxmore.

— Monsieur, je ne vous permets pas et…

— Inspecteur Higgins, de Scotland Yard. Rassurez-vous, je ne m'occupe pas de la répression des fraudes.

Le marchand parut soulagé.

— Le motif de ma visite est beaucoup plus grave : enquête criminelle.

— Mon activité commerciale est parfaitement honnête, inspecteur, et aucun meurtre n'a été commis ici !

— Je soupçonne l'un de vos clients.

— Impossible !

— Vous avez récemment reçu d'Afghanistan un véritable lapis-lazuli de très belle taille. Et cette merveille, vous ne l'avez pas exposée. Pas de déclaration à la douane, pas de facture d'achat, et vente au prix maximum par petits fragments à d'authentiques connaisseurs.

— Inspecteur, qu'allez-vous imaginer !

— Je suis pressé, monsieur Waxmore ; vos révélations peuvent sauver des vies. Si vous refusez de coopérer, vous risquez d'être accusé de complicité de meurtre.

— Bon, bon, d'accord ! Mais comprenez une chose, inspecteur : l'Afghanistan est un pays en difficulté, et satisfaire les amateurs de lapis-lazuli demande de sacrées compétences. Moi, je prends tous les risques. Alors, la légalité… Parfois, il faut savoir l'oublier et je ne vole personne !

— Parlons de vos acheteurs sérieux, voulez-vous ?

Teddy Waxmore se gratta la tempe.

— Ils viennent, ils regardent, ils discernent le toc et me demandent du vrai. Je le leur montre, on discute le prix, ils repartent contents.

— Paiement en espèces obligatoire, je suppose ?

— Inspecteur…

— J'aimerais connaître le nom de ces amateurs éclairés.

— Là, ça devient délicat !

— Votre cas pourrait effectivement le devenir, monsieur Waxmore.

— Bon, bon ! Voici une liste confidentielle de mes clients les plus récents. Je suis un vrai professionnel, et la méticulosité est la clé de mon succès.

Le marchand sortit de la poche intérieure de sa veste un feuillet écrit à la main.

Deux lords, un député travailliste, des hommes d'affaires et deux comédiennes connues pour leur combat en faveur des déshérités. L'ensemble ne manquait pas d'allure.

— Personne d'autre ? demanda Higgins.

— Deux occasionnels : une artiste peintre folle de lapis-lazuli et un curieux bonhomme que je n'ai vu qu'une seule fois.

— Décrivez-le-moi.

— Pas facile ! s'exclama Waxmore. Il portait un panama et des lunettes noires à larges branches. Un type plutôt grand et mince, élégant, avec une voix douce, presque inaudible.

— Que vous a-t-il dit ?

— « Je veux du véritable lapis-lazuli, la couleur du ciel étoilé, notre mère à tous. » Je lui en ai montré un fragment, il a tendu ses dix doigts. Des doigts à la fois fins et puissants, ça m'a frappé. Il n'a pas discuté le prix. Quand il est parti, je me suis senti soulagé ; pourtant, je ne suis pas du genre impressionnable. Mais ce bonhomme-là m'avait stressé.

– Ni barbe, ni moustache ?

– Non, inspecteur. Des joues creusées, un menton étroit.

– Son âge ?

– Difficile à dire… Pas moins de trente ans, pas plus de cinquante.

– Rien d'autre ?

Le marchand se concentra.

– Non, vraiment rien.

– Merci de votre aide, monsieur Waxmore.

– Inspecteur… Notre entretien restera confidentiel, j'espère ?

– L'espérance est une magnifique vertu.

— 13 —

Le superintendant et la profileuse écoutèrent attentivement le rapport oral de Higgins.

— À présent, conclut Scott Marlow, il ne subsiste plus aucun doute ! Vous avez bien débusqué l'assassin.

— Une silhouette sans visage et sans identité, malheureusement. Mademoiselle Kingsley disposait de davantage d'informations.

— N'exagérons pas, rectifia la profileuse. Vos découvertes confirment mes hypothèses et me permettent d'affiner le portrait du tueur ; grâce à vous, nous nous rapprochons de lui.

— Seulement en apparence, déplora Higgins. Il apparaît sans se dévoiler et ne laisse pas de trace réelle.

— Il nous reste treize jours avant un prochain crime, rappela Marlow. Un crime que vous jugez inévitable, l'un et l'autre.

Ni l'ex-inspecteur-chef ni la profileuse ne protestèrent.

— Bon sang, nous disposons quand même d'un bon nombre d'éléments !

— Oui et non, estima Angota Kingsley. Et là réside le génie maléfique de cet assassin : savoir se dissimuler afin de demeurer impuni. Je suis de plus en plus inquiète, comme si connaître les mœurs de ce reptile ne nous permettait pas de l'empêcher de frapper.

La jeune femme passa la main dans ses cheveux.

55

– Cette situation est désespérante, murmura-t-elle. On a l'impression de toucher au but, et nous demeurons impuissants. À quoi servent tant d'études, de recherches et d'efforts ? Je ne suis plus du tout certaine d'être faite pour ce métier. J'espérais me montrer efficace, faciliter l'arrestation des meurtres et...

– La patience, dit Higgins d'un ton paternel, vous oubliez simplement la patience. Au début de ma carrière, mademoiselle, j'ai connu les mêmes sentiments et subi les mêmes tourments. Et puis j'ai appris à dompter la fougue afin d'utiliser son énergie et de pouvoir aller jusqu'au bout du chemin. Bien sûr, nous devons toujours agir au plus vite, mais la précipitation égare le plus perspicace des enquêteurs.

La profileuse eut un pauvre sourire.

– Je me sens complètement stupide ! Nous menons une enquête criminelle, nous tentons de sauver des vies, et je vous assomme avec mes états d'âme. Cela ne se reproduira plus.

– Bien sûr que si, précisa Higgins, et heureusement. Vous n'êtes pas destinée à devenir une machine sans âme ; si ce malheur vous frappait, vous perdriez la plus précieuse des qualités, l'intuition.

– N'est-ce pas une vision trop ancienne de notre métier, inspecteur ?

– On tentera sûrement de vous le faire croire. Tâchez de résister.

Angota Kingsley sembla réconfortée.

– Se retrouver sur le terrain n'est pas aussi facile que je le supposais, mais je suis prête à continuer.

– Moi, intervint Marlow, je ne suis pas profileur, mais je sais... que ce tueur n'est pas un surhomme ! Comme tous les autres criminels, il finira par commettre une erreur. Ce type est trop sûr de lui.

– J'enlève le « trop », déclara Angota Kingsley. Nous ne pouvons pas compter sur ses bévues. Une dizaine de mou-

56

choirs de luxe, une dizaine de morceaux de lapis-lazuli... Notre homme exécute un plan macabre, il avance pas à pas, mesure très attentivement les risques et ne frappe qu'à coup sûr.

— Avons-nous obtenu des précisions sur la rose et la tulipe rouges artificielles ? demanda Higgins.

Le superintendant appela le directeur du laboratoire.

— J'avais dit très urgent... C'est ça, *très* urgent ! Bon, envoyez-moi immédiatement ce que vous avez obtenu.

Le dossier ne manquait pas d'intérêt.

Les quatre roses et les quatre tulipes étaient d'une qualité remarquable, et le matériau employé haut de gamme. Elles provenaient donc d'une fabrique hautement spécialisée, liée à un circuit de distribution particulier.

Le superintendant en personne et Angota Kingsley utilisèrent aussitôt leurs ordinateurs qu'ils maniaient avec dextérité. Les données leur suffirent pour aboutir à un même résultat.

Ce type de rose était en vente dans deux magasins, l'un à l'est, l'autre à l'ouest de Londres.

— Je m'occupe du premier, décida Marlow, auquel un technicien apporta un rapport détaillé concernant l'adhésif fixant la petite bouteille de lait sur la poitrine des victimes et l'élastique maintenant le mouchoir sur leur visage.

Le superintendant lut les conclusions.

— Rien de particulier, déplora-t-il. Des produits d'une totale banalité que l'on peut acheter n'importe où.

— Désirez-vous venir avec moi, mademoiselle ? proposa Higgins à Angota Kingsley.

— Vous voulez dire... Pour interroger quelqu'un ?

— Exactement.

— Ce serait sortir de mon rôle et...

— Rassurez-vous, je ne vous demanderai pas d'intervenir.

— Alors, entendu !

— 14 —

Samantha Major était fière de son métier. Citadine depuis plusieurs générations, elle détestait la campagne, l'herbe mouillée, la boue collante et les odeurs animales. Ici, à Nature Propre, toutes les fleurs et les plantes, parfaitement imitées, étaient en soie. Pas un matériau bas de gamme et un médiocre travail d'usine, mais un véritable savoir-faire et des résultats surprenants. La plupart des visiteurs croyaient contempler d'authentiques roses, œillets, dahlias ou autres tulipes.

Et Samantha Major savait vendre. Séduisante à souhait, elle faisait acquérir des jardins entiers à de riches ladies ou à de jeunes femmes dynamiques désireuses d'avoir une nature impeccable dans leurs vastes appartements londoniens.

Quand elle vit apparaître le couple formé de Higgins et d'Angota Kingsley, la directrice du magasin Nature Propre sentit que ce père, appartenant d'évidence à la meilleure noblesse, désirait offrir à sa fille un superbe cadeau.

— Puis-je vous aider ?

— Certainement, répondit Higgins. Je crois que cette rose et cette tulipe proviennent de votre magasin.

Il montra les objets, contenus dans une petite pochette transparente.

Le regard de Samantha Major se fit perçant.

– J'aimerais toucher.

L'ex-inspecteur-chef accepta.

– Ces petites merveilles ont été fabriquées par nos ateliers. Et si vous le désirez, je peux vous en fournir une centaine, de couleurs très variées, dans les meilleurs délais. Notre maison crée de superbes jardins intérieurs. Pas de pétales fanés, pas d'insectes insupportables, pas de terreau salissant. Une nature merveilleuse et permanente, des couleurs qui ne s'affadissent jamais. Monsieur, mademoiselle, vous allez acquérir un petit trésor qui enchantera votre cadre de vie.

– Nous en aurions été enchantés, chère madame, si nous avions été des acheteurs ordinaires. Malheureusement, nous sommes en mission.

Samantha Major se haussa du col.

– En mission... Qu'est ce que ça signifie ?

– Scotland Yard mène une enquête criminelle, et nous avons besoin de votre aide.

– Un crime, chez moi !

– Pas exactement.

– Si vous m'expliquiez ?

Higgins n'appréciait gère ce monde de fausses fleurs. Comment pouvait-on dédaigner l'inégalable parfum d'une rose, la douceur de ses pétales, le charme de sa couleur ? À force de refuser les lois de la nature et de lui substituer ses inventions sans âme, l'homme finirait par se détruire lui-même.

– Cette rose rouge est-elle l'un de vos produits vedettes ?

– Oui et non. Mais je ne dirai rien à un inconnu !

– Je suis l'inspecteur Higgins. Et voici ma collègue, Mlle Kingsley.

Samantha Major fut impressionnée.

— Deux policiers chez moi… Mais pourquoi ?

— Peut-être avez-vous croisé le chemin d'un assassin.

— Moi ? Hors de question !

— Un assassin amateur de vos superbes fleurs artificielles.

— C'est… impossible, tout simplement impossible !

— Réfléchissez bien, recommanda Higgins. Ces dernières semaines, n'avez-vous pas eu un client bizarre ?

La directrice du magasin Nature Propre regarda ses escarpins rouges à bout pointu, attitude qu'elle adoptait en cas de grande perplexité.

— Bizarre, c'est le terme… Un homme élégant, d'assez grande taille, vêtu d'un costume gris perle. Chemise bleue impeccable, cravate de soie jaune d'un goût exquis. Mais pourquoi portait-il un chapeau marron et des lunettes noires ? J'aurais aimé voir ses yeux et constater son admiration pour mes fleurs. À dire vrai, j'ai failli le prier d'ôter ce chapeau et ces lunettes ! Mais sa voix d'une grande douceur et son exquise politesse m'ont désarmée.

— Que vous a-t-il demandé ?

— Mes plus belles roses. Les fleurs du secret, d'après lui. Et aussi des tulipes.

La profileuse ne put s'empêcher d'intervenir.

— Votre client a-t-il évoqué la nature de ce secret ?

— Non, mademoiselle. Mais il a longuement étudié un grand nombre de modèles avant de se décider. J'ai redouté qu'il s'en aille sans avoir rien acheté. Et puis il s'est brusquement décidé ! Une dizaine de mes roses rouges de qualité supérieure, tellement parfaites qu'elles surpassent les vraies, et un nombre équivalent de tulipes.

— Une dizaine, vous êtes sûre ?

— Oui, c'était bien cette quantité-là.

— À qui les destinait-il ?

— Il ne m'a pas fait de confidences.

— Vraiment aucune ?

— Vraiment, mademoiselle. Sinon, je m'en souviendrais.

— Pas d'autre détail ?

— Je vous ai tout dit. Maintenant, si vous me le permettez, j'aimerais m'occuper des véritables clients.

Samantha Major tourna le dos aux policiers et s'occupa d'une vieille lady qui désirait acquérir un superbe palmier lui rappelant ses séjours en Orient.

— 15 —

— Désolée, dit Angota Kingsley à Higgins, dans le taxi qui les ramenait à Scotland Yard. Je vous avais promis de ne pas intervenir.

— Il fallait bien lui poser ces questions-là, et vous avez pu faire l'expérience du terrain.

— J'avoue que ce genre de magasin ne me plaît pas beaucoup !

— C'est le progrès, mademoiselle. On accepte la nature, à condition qu'elle ne nous crée aucune gêne.

— « Nature Propre »… C'est bien trouvé, en effet, mais un peu monstrueux ! Le concept a dû plaire à l'assassin. Ses fleurs étaient impeccables et éternelles, le châtiment imposé à ses victimes ne se fanait pas. Malheureusement, cette nouvelle description ne nous apporte rien de nouveau, sinon la confirmation qu'il s'agit bien du même homme.

— Il savait que ces indices nous permettraient de remonter aux endroits où il les avait acquis, observa Higgins, et a donc pris les précautions nécessaires pour ne laisser qu'une trace apparente.

— Il a quand même commis une petite erreur, estima la profileuse : croire que son comportement ne nous fournirait aucune piste sérieuse. Là réside son point faible. Pénétré d'un intense sentiment d'impunité, il poursuit sa trajectoire criminelle avec la certitude d'échapper à nos investigations.

Higgins ouvrit son carnet noir et regarda le « portrait » de l'assassin. Comment parvenir à lui ôter son chapeau et ses lunettes noires ?

Au Yard, personne n'avait les deux pieds dans le même sabot. Le superintendant Marlow espérait encore pouvoir éviter un nouveau désastre et harcelait ses équipes.

— De mon côté, indiqua-t-il, chou blanc.

— Nous avons retrouvé le magasin où notre homme a acheté les roses et les tulipes, lui apprit Higgins, mais pas de détail supplémentaire permettant de l'identifier.

— Voici un rapport sur les chaussettes orange : du pur fil d'Écosse de première qualité. Un travail artisanal comme on n'en fait presque plus ! Il ne doit pas y avoir beaucoup de boutiques vendant ce genre d'articles.

— À mon avis, une seule, avança Higgins : celle de Barnaby Mc Alister, dans Sagramore Street. C'est mon fournisseur depuis toujours, et il ne m'a jamais déçu.

— J'entreprends quand même une recherche informatique, décida la profileuse.

Elle obtint deux autres adresses, proches l'une de l'autre.

— Commençons par celles-là, proposa l'ex-inspecteur-chef.

Remplacé par un fast-food, le premier magasin n'existait plus. Le deuxième était tenu par une charmante jeune femme qui refusait toute concession au synthétique. Angota Kingsley, ravie de pouvoir accompagner Higgins, découvrit une remarquable collection de chaussettes de toutes les couleurs.

— Recherchez-vous un article précis ? demanda la vendeuse, tout sourire.

— Scotland Yard, mademoiselle. Nous avons besoin de renseignements.

Le sourire disparut.

— Vous ne trouverez aucune contrefaçon dans mes collections, inspecteur ! Ici, qualité garantie et origine contrôlée.

— Nous n'en doutons pas un instant. Un client vous aurait-il acheté plusieurs paires de chaussettes orange, en pur fil d'Écosse ?

La jeune femme parut contrariée.

— Une épreuve... Une dure épreuve.

— Pour quelle raison ? interrogea la profileuse, intriguée.

— C'était un drôle de bonhomme, élégant, assez grand, portant un chapeau démodé et des lunettes noires. Il parlait d'une voix très douce, avec des tournures de phrases alambiquées, comme un professeur d'université faisant son cours. Il m'a mise profondément mal à l'aise, et j'ai perdu tous mes moyens. Il a examiné mes chaussettes orange avec l'œil d'un professionnel et a proféré un jugement terrible : « Je dois trouver mieux. On ne lésine pas lorsqu'il s'agit d'honorer sa mère. » J'ai essayé de parlementer, de lui demander quels défauts il trouvait à cet article, mais il n'a plus prononcé un seul mot.

— Son âge ? demanda Higgins.

— Difficile à dire... Et je me trompe toujours sur ce sujet-là ! Ni un jeune homme, ni un vieillard. Quarante ans, peut-être.

— Un autre détail vous aurait-il frappé ?

— Oui, ses mains ! Elles étaient à la fois délicates et grossières. Un curieux mélange, très surprenant.

— Merci de ces indications.

Higgins et la profileuse prirent un taxi à destination de Sagramore Street. Au moment d'entrer dans la boutique de Barnaby Mc Alister, ils se figèrent.

À l'intérieur, un client coiffé d'un chapeau noir.

— 16 —

— Si nous appelons des renforts, jugea la profileuse, il aura peut-être le temps de s'enfuir.

— Exact, mademoiselle.

— Interceptons-le immédiatement. Vous êtes armé, je suppose ?

— Jamais.

— Ah... Alors, on tente de le ceinturer et de le plaquer au sol ! Je passe la première.

— Je n'ai pas le droit de vous laisser courir ce risque. Vous n'êtes pas préparée à de telles interventions.

— Sans vous vexer, inspecteur, vous ne ressemblez ni à Hercule ni à Superman.

— Ne vous fiez pas aux apparences, mademoiselle.

Angota Kingsley n'eut pas le temps de rétorquer, car Higgins franchit le seuil de la boutique d'un pas alerte.

Inutile d'expliquer à la profileuse que, pendant ses séjours de jeunesse en Extrême-Orient, il avait appris à pratiquer quelques arts martiaux, souvent plus efficaces que les armes à feu.

Ressentant une présence, le client au chapeau noir se retourna.

Higgins retint le geste qui l'aurait paralysé quelques secondes.

Il ne s'agissait pas d'un homme, mais d'une femme d'une vingtaine d'années aux yeux bleu acier.

— Nous nous connaissons ? s'étonna-t-elle.

— Inspecteur Higgins, de Scotland Yard. Puis-je connaître votre identité ?

Angota Kingsley fut cruellement déçue.

La cliente, une esthéticienne, venait acheter des chaussettes grises pour son père. Higgins nota son nom pour vérifier, mais ne se faisait aucune illusion ; cette jeune personne était étrangère à cette affaire.

Munie d'un paquet artistiquement ficelé, elle quitta la boutique d'un air dédaigneux.

— Ravi de vous revoir, inspecteur, dit Barnaby Mc Alister, un septuagénaire vigoureux dont le seul médicament était du whisky écossais. Nul microbe n'y résistait, et le flux sanguin s'accommodait à merveille de cette irrigation régulière.

— Vous exposez de nouveaux modèles, me semble-t-il.

— La couleur dicte ses lois, déplora Mc Alister, et je combats tant bien que mal. Pas question de tomber dans le mauvais goût.

Comme le commerçant regardait d'un œil curieux la profileuse, l'ex-inspecteur-chef lui présenta sa collègue.

— Qu'est-ce qui vous amène ici ? s'inquiéta Mc Alister.

— Nous recherchons un assassin qui vous aurait acheté des chaussettes orange.

— La liste est brève ! Pour porter ce genre d'article, il faut une détermination sans faille. Je n'ai que trois candidats. Le premier est un vieux châtelain du Lancashire fidèle à la Maison d'Orange ; il porte ses 90 ans comme un charme et continue à militer pour un protestantisme pur et dur.

— Le deuxième ? demanda Higgins.

— Une directrice de cirque qui porte ces chaussettes-là en souvenir de son mari défunt, un jongleur vêtu d'un costume orange.

— Et le troisième ? interrogea la profileuse, impatiente.

— Un drôle de corps, celui-là ! J'ai failli m'énerver et le mettre à la porte, tant il s'est montré insupportable avec ses exigences de qualité et le respect absolu envers sa mère. Cette dame, je ne la connais pas ! Et douter de mes chaussettes m'importune au plus haut point. Enfin, on a fini par s'entendre. Il a reconnu la qualité de mes articles et, de sa voix douce et mielleuse, m'a félicité. Dix paires de chaussettes orange achetées d'un seul coup, tout mon stock !

— Quelle allure avait-il ? demanda la profileuse, tendue.

— Il portait un chapeau gris d'excellente facture et des lunettes noires. Enroulé autour de son cou, un foulard de laine avec des franges. Veste en cachemire, pantalon noir, chaussures vernies. Un homme plutôt grand, d'une rare élégance, âgé d'environ trente-cinq ans.

— Vous êtes très observateur, remarqua Angota Kingsley.

— Dans mon métier, c'est préférable ; un bon coup d'œil me permet de percevoir les exigences de mes clients. Et celui-là, il m'a sacrément surpris ! Autant de chaussettes orange… Comment imaginer ça ?

— Vous a-t-il dit qu'il s'agissait d'un cadeau ? demanda Higgins.

— Non, il s'est contenté de palper longuement les chaussettes et de déclarer : « Elles me conviennent. » Ses mains… Ses mains m'ont étonné. Je n'avais jamais vu des doigts comme ceux-là, à la fois fins et puissants.

— Ni bague ni alliance ?

— Ni l'une ni l'autre. Dieu, que ce bonhomme m'a mis mal à l'aise ! J'ai même commis une erreur en lui demandant une somme trop élevée. Par bonheur, il n'est pas revenu, et c'est la première fois que je n'ai pas envie de revoir un client. Ah, un détail… Je lui ai offert ma toute dernière paire de chaussettes orange, de grande taille, que je désespérais d'écouler. Cet article-là, la maison n'en vendra plus.

— 17 —

Le superintendant Marlow devait se rendre à l'évidence : aucun des membres de l'entourage des victimes ne pouvait être suspecté. Ultime vérification : le frère aîné de la quatrième, Margaret Thorp, se trouvait bien au Canada au moment du crime.

À peine la profileuse Angota Kingsley et l'ex-inspecteur-chef Higgins pénétraient-ils dans son bureau pour lui rendre compte de leur dernier entretien qu'un jeune enquêteur en franchit également le seuil, le visage décomposé.

– Superintendant...

– Que se passe-t-il, mon garçon ?

– Superintendant...

– Je vous écoute.

– Superintendant...

– Exprimez-vous, bon sang !

– Une... Une cinquième.

– Vous ne voulez pas dire... Une cinquième femme assassinée ?

– Si, superintendant.

– Où ça ?

– Abylen Road. C'est un livreur de pizza qui l'a découverte. Deux hommes sont en place et attendent vos instructions.

— Allons-y immédiatement, décida Marlow.

— Je préviens Babkocks, ajouta Higgins.

*

* *

Abylen Road portait bien mal son nom. Il s'agissait, en réalité d'une impasse entre deux bâtiments, sans lumière, où les gardiens d'immeubles entreposaient les poubelles.

Le livreur de pizzas, un rouquin d'une vingtaine d'années, claquait des dents malgré la température élevée.

— Racontez-nous, mon garçon, demanda Higgins, paternel.

— J'avais quatre cartons à livrer dans le coin et j'ai aperçu un policier qui faisait circuler les véhicules. Alors, j'ai garé ma moto dans l'impasse. Et là, j'ai cru voir une jambe, derrière la grosse poubelle noire, tout au fond. Je me suis approché et... et...

La profileuse le prit par les épaules.

— Pour vous, le plus dur est passé ; vous avez été extrêmement courageux. Se confronter à une telle réalité nécessite une sacrée force de caractère.

Le rouquin sourit, comme soulagé.

— Vous... Vous croyez ?

— J'en suis certaine. À présent, il faut aller jusqu'au terme de ce drame : comment avez-vous réagi ?

— J'ai regardé cette femme, mais je ne la voyais pas. Elle ne pouvait pas être morte, comme ça, ici, et je n'ai pas osé la toucher. Venir à son secours, voilà ce qu'il fallait faire ! Alors, j'ai appelé le policier. Il a accepté de venir, a regardé la malheureuse, et m'a ordonné de ne pas bouger.

À l'évidence, le rouquin n'était lié au crime d'aucune façon. On releva néanmoins son nom et son adresse, et il fut convié à venir signer sa déposition à Scotland Yard.

— Je dois d'abord livrer mes pizzas, implora-t-il. Sinon, les clients seront furieux et mon patron me renverra.

— Entendu, concéda Marlow.

Higgins consultait une carte de Londres.

— Nous sommes tout près du supermarché où travaillait la première victime, Janet Wilson, observa-t-il ; à une dizaine de minutes à pied, le restaurant qui employait la quatrième, Margaret Thorp. Le domicile de la deuxième, l'étudiante Samanta Jones n'est guère éloigné. Pas davantage que le dernier appartement où la troisième, Maureen Latcher, faisait le ménage.

— L'assassin habite donc le quartier, conclut Marlow.

— Pas nécessairement, objecta la profileuse. Peut-être l'a-t-il choisi comme terrain de chasse.

— Il pourrait donc l'abandonner et en sélectionner un autre, suggéra Higgins.

— Malheureusement oui ! S'il s'estime menacé, il modifiera ses habitudes.

— Puisque l'assassin ne laisse rien au hasard, il a forcément choisi ce quartier pour une ou plusieurs raisons déterminantes. Les découvrir nous ferait sérieusement progresser.

— Nous ignorons encore si la victime a bien été tuée par ce monstre, rappela Scott Marlow. Vous n'êtes pas obligée de venir voir le cadavre, mademoiselle Kingsley.

— Je dois tenter de m'endurcir, n'est-il pas vrai ?

Alors que le trio s'engageait dans l'impasse, la pétarade d'un moteur gonflé à bloc fit sursauter tous les habitants du quartier.

En descendant de sa moto, Babkocks ralluma son énorme cigare. Pas un insecte ne pouvait survivre plus de dix secondes à la fumée.

— Un mélange de tabacs turc, thaïlandais et bulgare, expliqua-t-il.

Vêtu d'une veste en cuir de chasseur de la Royal Air Force, le sosie de Winston Churchill aborda d'un pas tranquille le lieu du crime.

— Sale endroit pour mourir, estima-t-il. Enfin, ici ou là, il faut bien y passer ! Voyons ça de près.

Le cadavre était celui d'une jeune femme.

Une jeune femme brune qui n'avait probablement pas plus de trente ans.

Sur ses yeux, un mouchoir de lin brodé fixé par un grand élastique. Sur sa poitrine, une petite bouteille de lait scotchée avec un adhésif. Dans son nombril mis à nu, un petit morceau de lapis-lazuli. Sur son sexe, une rose et une tulipe artificielles en soie rouge. Pied droit dénudé, pied gauche couvert d'une chaussette orange.

— C'est bien la cinquième, déplora le superintendant. Et cette fois, il n'a pas attendu quinze jours.

— 18 —

Vu la gravité de la situation, le médecin légiste fit patienter quelques clients ordinaires pour s'occuper en extrême urgence de la jolie brune.

— Pauvre gosse, se faire dénuquer par un malade alors qu'elle avait tant de belles années à vivre ! Un cœur superbe, des poumons en parfait état, des reins de compétition. Ça me change des vieux aristocrates assassinés par leurs jeunes épouses.

— Même mode opératoire que pour les quatre victimes précédentes ? demanda Higgins.

— Même technique et même précision, confirma Babkocks ; j'ai rarement vu autant de savoir-faire et de sang-froid. Ce type n'a pas de nerfs. Au moins, ses victimes n'ont pas le temps de souffrir. Le geste est violent, rapide, la mort quasi instantanée. Je vais quand même procéder à des analyses toxicologiques de contrôle pour déceler un éventuel poison particulièrement vicieux, mais je n'y crois pas.

Grâce à divers papiers retrouvés dans le sac à main de la victime, gisant à côté d'elle, les enquêteurs connaissaient son nom, son âge et sa profession : Diana Bronte, 29 ans, fiscaliste.

Higgins se rendit au bureau d'avocats où elle travaillait. La profileuse l'accompagna, pendant que le superintendant recevait une cohorte de journalistes déchaînés. À quoi servait Scotland Yard, puisqu'un tueur en série terrorisait la capitale du Royaume-Uni ? Un jeune livreur de pizzas venait de découvrir au moins trois cadavres, et l'enquête piétinait de manière lamentable.

— Le superintendant est un homme remarquable, confia Higgins à Angota Kingsley. Face à l'adversité, il ne recule pas ; et l'honneur du Yard lui paraît plus important que sa propre existence.

— Le monde a changé, inspecteur ; aujourd'hui, c'est chacun pour soi. Scott Marlow ressemble davantage à un dinosaure qu'au policier de l'avenir.

— Vous avez certainement raison, mademoiselle, mais je crois à la nécessité de protéger les espèces en voie de disparition.

— Les dinosaures ont disparu depuis longtemps !

— Les oiseaux seraient leurs héritiers, paraît-il. Bien sûr, la pollution finira par les détruire, et l'homme se retrouvera face au seul adversaire qu'il ne parviendra pas à supprimer : l'insecte.

— Je vous trouve fort peu humaniste, inspecteur !

— En choisissant l'homme comme la créature parfaite au service duquel la nature entière doit s'incliner, n'avons-nous pas commis une erreur fatale ? Trêve de philosophie, nous recherchons un assassin qui vient de commettre cinq meurtres.

— Cinq femmes brunes, jolies, âgées d'au moins vingt ans et de pas plus de trente, et célibataires.

— En ce qui concerne Diana Bronte, simple supposition, objecta l'ex-inspecteur-chef.

— Exact, reconnut la profileuse. Les documents découverts ne nous permettent pas d'affirmer qu'elle n'était pas mariée.

— Son employeur et ses collègues éclairciront ce point-là, mais je partage votre hypothèse. La logique de cet assassin est tellement formelle que chacune de ses victimes doit répondre à un certain nombre de critères.

— Il doit donc les observer, estima la profileuse, et ne pas frapper au hasard !

— Possible.

— En doutez-vous encore, inspecteur ?

— Un doute constructif, mademoiselle. L'expérience m'a appris à ne jamais formuler de conclusions hâtives ; elles obstruent l'esprit et empêchent l'épanouissement de l'intuition.

— Merci pour la leçon ! Néanmoins, d'un point de vue strictement scientifique, je puis affirmer que le hasard ne joue aucun rôle dans cette affaire. L'assassin est un calculateur impitoyable, méticuleux et prévoyant. Il ne sortira pas des règles rigides qu'il s'impose à lui-même et dont dépend son équilibre.

— « Équilibre »… Le terme est-il bien adapté ?

— Hélas ! Oui, inspecteur ! Il est pratiquement impossible de déstabiliser les assassins de ce calibre-là. Ils se sont forgés un moule cohérent, en édictent les lois, sont à la fois les juges, les procureurs et les exécuteurs. Pas une faille dans leur raisonnement, pas une ligne de fracture dans l'édifice. Et lorsque leur niveau intellectuel est élevé, c'est encore pire ! Ni la critique ni le doute ne les atteignent. Eux, et eux seuls disposent du droit de vie et de mort. Et personne ne saurait le remettre en question.

— Cela ne paraît-il pas effrayant ?

Le visage de la profileuse s'assombrit.

— Plus qu'effrayant : terrifiant. L'étude des pires dossiers m'a fait passer des nuits blanches, et j'ai souvent hésité à continuer ce travail. Par moments, on se demande si la nature humaine n'est pas foncièrement mauvaise. Et puis le jour se lève, un ami vous appelle, des amoureux s'embrassent dans la rue, un chien vous regarde avec ses grands yeux confiants… Et l'on se remet à la tâche. Vous-même, inspecteur Higgins, n'avez-vous pas songé à renoncer ?

— Plus d'une fois, mademoiselle, mais le goût de la vérité m'a toujours guidé. En arrêtant un assassin, je lutte contre le mal. Les juges, les psychiatres et les avocats me taxeraient de passéiste, puisque notre époque ne connaît que des zones grises où le bien et le mal se confondent. Je ne partage pas leur avis ; c'est pourquoi j'arrêterai ce tueur en série.

— 19 —

La secrétaire du cabinet d'avocats se montra fort désagréable.

— Sans rendez-vous, impossible de voir le directeur. Et comme il est débordé, vous devrez attendre plus de trois mois.

— Je ne crois pas, dit Higgins d'un ton paisible.

— Vous n'allez quand même pas m'apprendre mon métier !

— Loin de moi cette vanité, chère madame, mais fermerez-vous la porte à Scotland Yard ?

— Scotland Yard ! Vous plaisantez ?

— Entraver une enquête criminelle vous attirerait de sérieux ennuis.

— Bon… Attendez un instant.

Le directeur accepta de recevoir l'ex-inspecteur-chef Higgins et la profileuse. Grand, guindé et autoritaire, il ne dissimula pas son mécontentement.

— Il s'agit forcément d'une erreur ! Dissipons immédiatement ce malentendu.

— Vous connaissiez Diana Bronte, je suppose ?

Le directeur parut troublé.

— Oui, c'est une excellente collaboratrice.

— C'était, rectifia Higgins.

— Que voulez-vous dire ?

— Elle a été assassinée.

Le directeur resta bouche bée.

— Diana, assassinée… C'est une sinistre plaisanterie, j'espère ?

— Malheureusement, non.

— Qui a commis cette monstruosité ?

— Votre témoignage devrait nous aider à trouver la piste de l'assassin, indiqua Higgins. Connaissiez-vous bien Diana Bronte ?

— Très bien ! Orpheline, elle a fait de brillantes études grâce à des bourses amplement méritées et décroché ses diplômes avec une facilité déconcertante. Elle travaillait ici depuis quatre ans, et les services fiscaux la considéraient comme l'une de leurs plus redoutables adversaires. Lorsqu'elle s'emparait d'un dossier, son client avait toutes les chances de victoire.

— Était-elle mariée ?

— Elle ne songeait qu'à son travail, inspecteur, et se contentait d'amourettes de vacances, aussi brèves les unes que les autres. Son grand projet, c'était la création de son propre cabinet, probablement l'année prochaine. Et j'étais décidé à investir dans cette entreprise.

— Étiez-vous amoureux d'elle ? demanda la profileuse d'une voix suave.

— Mademoiselle !

— Ce n'est pas un crime, précisa Angota Kingsley, souriante.

Le directeur se rengorgea.

— Amoureux, non, mais très admiratif ! J'ai rarement vu un tel esprit d'analyse et une capacité à discerner l'essentiel du secondaire. Diana serait devenue l'une des stars de la profession.

— Vous avait-elle parlé d'éventuels ennemis ?

— L'administration fiscale au grand complet ! Cependant, ses adversaires la respectaient, car elle se montrait toujours d'une extrême courtoisie.

— Ni harcèlement ni menaces, ces derniers temps ?

— Elle m'en aurait parlé.

Higgins montra au directeur la liste des précédentes victimes.

— Connaissez-vous l'une de ces femmes ?

— Non… Non, aucune.

— Diana Bronte avait-elle des amis ? demanda la profileuse.

— Ni ami ni amie. Je vous l'ai dit : seul son travail comptait. Elle étudiait attentivement chaque dossier avant de s'engager, puis déployait toute son énergie pour mener l'affaire à bon terme. Jamais malade, jamais fatiguée, elle s'imposait une stricte hygiène de vie.

— Pas de distractions ?

— Un bon restaurant, une fois par semaine, et sans excès. Je n'ai pas réussi à lui faire boire la moindre goutte de vin ou d'alcool !

— Peut-on vous considérer comme son confident ?

— Plutôt son conseiller, mademoiselle. Mais la situation évoluait ! Vu ses compétences, c'était moi qui commençais à solliciter ses avis. Et je n'avais pas à m'en plaindre. Diana ne possédait pas que la technique juridique, elle avait aussi du flair, et ça ne s'apprend dans aucune école.

Le directeur avala un cachet.

— J'ai le cœur un peu fragile, expliqua-t-il, et la nouvelle que vous venez de m'apprendre lui donne un sacré coup de vieux. Le monde me paraît déjà bien vide.

*

* *

78

Higgins, la profileuse et deux techniciens de la police scientifique explorèrent le bel appartement de Diana Bronte, dans Lane Street. Entièrement fonctionnel, très dépouillé, il ne comptait ni fantaisie, ni souvenir personnel, et le mobilier moderne était réduit à sa plus simple expression.

Sur le bureau, un dossier en cours d'examen.

— Un univers glacial et totalement dépourvu d'affectivité, observa la profileuse.

— Il corrobore les déclarations de son patron, nota Higgins qui ne découvrit aucun indice intéressant.

L'ex-inspecteur-chef écrivit néanmoins quelques lignes sur son petit carnet.

— Vous n'utilisez pas de moyens plus modernes ? s'étonna Angota Kingsley.

— Trop tard pour m'y habituer, mademoiselle, et je doute de leur efficacité. Jusqu'à présent, cette méthode archaïque m'a plutôt réussi.

Visiblement découragée, la profileuse s'assit.

— Ce monstre est trop rusé, nous ne parviendrons pas à l'attraper. Il va encore tuer, s'éclipsera un moment, choisira un autre quartier et recommencera.

— Ne soyez pas si pessimiste, recommanda Higgins. Nous disposons d'indices non négligeables, les enquêtes en cours nous procureront d'autres informations, et je n'ai pas encore utilisé toutes nos armes.

— Espérez-vous vraiment réussir ?

— Je me suis promis d'arrêter cet assassin. Et je tiens toujours mes promesses.

— 20 —

Au prix d'un effort herculéen, Scott Marlow avait réussi à calmer les journalistes, les suppliant de ne pas mener d'enquêtes parallèles qui risquaient d'alerter le tueur. Bien entendu, ils n'écouteraient pas cette recommandation et continueraient à publier n'importe quoi pour satisfaire la curiosité du public. L'assassin des jeunes brunes ne tarderait plus à faire la une des journaux à scandales et, s'il était aussi intelligent qu'on le supposait, changerait de terrain de chasse.

— Le labo a battu tous ses records de rapidité, indiqua Marlow à Higgins et à la profileuse. Le mouchoir de lin brodé, la bouteille de lait, le morceau de lapis-lazuli, la rose et la tulipe rouges, la chaussette en fil d'Écosse : même qualité, même provenance que pour les quatre victimes précédentes. Mais pourquoi ce malade raccourcit-il les délais ?

— Pour nous montrer qu'il est le maître absolu du jeu, répondit Angota Kingsley. Dans ce genre d'affaires, ce type de comportement n'est pas rare. C'est lui qui choisit et décide, personne d'autre.

— À votre avis, attendra-t-il de nouveau quinze jours avant de frapper ?

— Je l'ignore, superintendant. Puisqu'il a brisé son cycle temporel, il aurait plutôt tendance à ne plus respecter aucun intervalle régulier.

Le téléphone sonna.

– Marlow, oui… Combien, dites-vous ?… Quatre !… Des aveux ?… On arrive tout de suite.

Le superintendant raccrocha brutalement.

– On vient d'interpeller quatre bonshommes portant des chapeaux et des lunettes noires ; ils voulaient faire des achats dans les boutiques où s'est présenté l'assassin. Je ne suis pas mécontent de les avoir fait surveiller jour et nuit, notre tueur se trouve peut-être parmi eux. Sans doute manquait-il de matériel pour commettre son prochain crime ; cette imprudence lui aura été fatale.

*

* *

Âgé de soixante-cinq ans, le premier suspect adorait les roses artificielles en soie rouge. Il en ornait son petit appartement de la banlieue nord dont la fouille s'avéra stérile. Retraité de la métallurgie, il fut rapidement mis hors de cause.

Le deuxième était un régisseur branché qui avait besoin d'une paire de chaussettes orange pour le tournage d'un feuilleton consacré aux drames existentiels de la nouvelle bourgeoisie londonienne. Son innocence fut promptement établie.

Le troisième était un musicien aveugle, collectionneur de pierres semi-précieuses, passion à laquelle il consacrait tous ses revenus.

Le quatrième et dernier suspect était un très vieux châtelain, amateur de mouchoirs brodés à ses initiales. Il vivait en province et ne se rendait que rarement à Londres.

Déprimé, Marlow se versa un grand verre de whisky écossais, provenant de la meilleure fabrique clandestine du pays.

— Voilà la preuve qu'il ne commettra pas une pareille erreur, observa Angota Kingsley. Soit il a repéré les policiers en faction, soit il avait décidé de ne plus fréquenter ces magasins parce qu'ils seraient obligatoirement placés sous étroite surveillance.

— En ce cas, avança Higgins, il dispose d'un nombre d'objets limités correspondant aux crimes qu'il a décidé de commettre.

— À la *série* de crimes, rectifia la profileuse. Voilà la grande question : s'agit-il d'une unique croisade meurtrière impliquant forcément ce type de femmes et ces objets si caractéristiques, ou bien changera-t-il ensuite complètement de mode opératoire ?

— Un tueur en série reste fidèle à ses horribles manies, avança Scott Marlow.

— Pas toujours, hélas ! déplora Angota Kingsley. Il existe des processus déviants, puis un retour à la démarche initiale.

— C'est un cauchemar !

— Continuez à faire surveiller ces magasins, recommanda Higgins, on ne sait jamais. Qu'ont donné les enquêtes de proximité ?

— Rien du tout, avoua Marlow. Il faut se rendre à l'évidence : l'assassin n'habite pas le vaste territoire où il commet ses crimes. Il vient de l'extérieur, tue et disparaît. Peut-être sa prochaine victime est-elle déjà choisie. Et nous sommes incapables de sauver cette malheureuse !

Dans le vaste bureau du superintendant, l'atmosphère devint sinistre. Tant d'indices qui ne menaient à rien ! Malgré ses techniques de pointe, la police scientifique elle-même ne fournissait aucune piste sérieuse.

Le spectre du crime parfait et, pis encore, *des* crimes parfaits, revenait hanter Scotland Yard.

– Il va quand même finir par commettre une erreur, murmura Scott Marlow.

– Cette erreur, estima Higgins, il l'a déjà commise.

Le superintendant sursauta, la profileuse fixa l'ex-inspecteur-chef.

– Laquelle ?

– Je l'ignore encore, mais je le saurai. Nous nous reverrons demain matin.

— 21 —

Écossais, Malcolm Mc Cullough était l'un des meilleurs commissaires-priseurs du Royaume-Uni. Parfait connaisseur des œuvres de l'antiquité dite païenne, il accumulait dans sa vaste demeure de la banlieue nord de Londres une incroyable quantité de statues, de stèles, de vases et de fragments d'œuvres anciennes, sans oublier une fabuleuse bibliothèque comprenant la quasi-totalité des œuvres écrites sur l'art et la religion des Anciens. De l'architecture précolombienne aux peintures tibétaines, aucune création digne de ce nom n'avait de secret pour Malcolm Mc Cullough. Lisant la nuit pour perfectionner sans cesse ses connaissances, il se couchait vers neuf heures du matin et dormait peu.

Alors qu'il parcourait une grammaire d'égyptien hiéroglyphique, on sonna à sa porte. Le visage qui apparut sur l'écran de contrôle le réjouit au plus haut point, et il se pressa d'aller ouvrir.

— Higgins, cher vieux forban ! Je parie que tu veux goûter à ma prune maison, née dans mon domaine familial et distillée par mes soins.

— Je ne dis pas non, Malcolm.

Le commissaire-priseur appartenait au cercle restreint des amis de Higgins qui s'entraidaient sans délai en toutes circonstances. Nul besoin de longues déclarations, seuls comptaient les actes et des banquets bien arrosés.

Higgins s'assit sur une chaise Louis XIII à haut dossier, et l'Écossais posa sur la table espagnole aux pieds torsadés un flacon du XVIIIe siècle contenant un breuvage d'exception.

Religieusement, les deux hommes dégustèrent le nectar.

— Tu t'es surpassé.

L'Écossais rosit.

— Une fabrication comme celle-là ne s'apprend pas en un jour. J'en viens à penser qu'il s'agit d'un génie génétique. Et toi, tu dois avoir un crime sur les bras !

— Cinq. Et ce n'est pas terminé.

— Un tueur en série ! Comment puis-je t'aider ?

L'ex-inspecteur-chef exposa les faits. Puis il passa aux points précis qui lui permettraient peut-être de remonter une piste sérieuse.

— L'assassin possède un haut niveau culturel, affirma-t-il. D'après un témoignage, il utilise des tournures de phrases alambiquées comme un professeur d'université faisant son cours.

— Un bon nombre de suspects en perspective ! déplora Malcolm Mc Cullough.

— On peut le réduire, estima Higgins. Envisage un homme plutôt mince, d'une quarantaine d'années, élégant, dont je crois pouvoir préciser la spécialité. Pour lui, le lapis-lazuli évoque la couleur du ciel étoilé, notre mère à tous.

— Ton assassin connaît bien la symbolique égyptienne, estima l'Écossais.

— Autre élément : la rose, liée à l'acte accompli en secret et au mystère de la création.

— Il « travaille » donc *sub rosa*, « sous la rose », à savoir dans le mystère et à l'écart des profanes, comme les

85

anciennes confréries initiatiques ! Un professeur d'histoire des religions qui s'intéresse à l'occultisme... Voilà mon hypothèse !

— Tu connais la plupart, n'est-ce pas ?

— Pas la plupart, tous ! Et ils ne sont pas très nombreux.

— Je suppose qu'il exerce à Londres, peut-être à Oxford ou à Cambridge. De plus, il a sans doute eu comme élève Samanta Jones, une étudiante en égyptologie, âgée de 22 ans, qui a dû assister à ses cours magistraux.

— Tu n'as pas vérifié ?

— Non, répondit Higgins, parce que je connais la lourdeur de l'administration universitaire. Je craignais qu'elle ne lui donnât l'alerte en avertissant le coupable d'une demande d'enquête.

— On va se débrouiller autrement.

De ses archives, Malcolm Mc Cullough sortit un annuaire donnant les pedigrees de tous les professeurs d'histoire des religions en poste au Royaume-Uni.

Photographie du titulaire, âge, diplôme, recherches en cours, domaines de prédilection, ouvrages publiés et annotations personnelles de l'Écossais.

— J'ai consulté les plus érudits de ces messieurs à propos de telle ou telle œuvre d'art, indiqua-t-il.

— L'un d'eux t'a-t-il paru bizarre ?

— Des prétentieux, des carriéristes, des incompétents, des passionnés... Il y en a pour tous les goûts ! Reprends un peu de prune avant de t'attaquer à leurs dossiers.

Quatre d'entre eux retinrent l'attention de l'ex-inspecteur-chef.

Le premier comportait même un détail remarquable : le professeur Lumley était l'auteur d'un essai intitulé *La Signification et la symbolique de la rose dans les civilisations anciennes* !

– Un pointilleux et un barbant, observa Malcolm Mc Cullough. Il est tellement imbu de lui-même que je le vois mal aborder des jeunes femmes séduisantes !

Le professeur Dainton, lui, avait inclus des références à l'Égypte ancienne dans son cours d'histoire des religions, de même que ses collègues Fentwick et Borden.

– Borden, oublie-le, recommanda l'Écossais. Gravement malade, il est hospitalisé depuis deux mois. Fentwick est un carriériste astucieux et avide de décorations. Dainton, je ne l'ai croisé qu'une seule fois, et il ne m'a guère impressionné. Un type sérieux, sans grande envergure.

Higgins releva les trois adresses, toutes dans des quartiers chics de Londres, et prit les notes nécessaires sur son carnet noir.

Lumley, Dainton, Fentwick : l'un de ces noms était-il celui du tueur en série ?

— 22 —

Le superintendant avait une mine de papier mâché et sirotait un thé vert agrémenté d'un doigt de whisky.

— Auriez-vous mal dormi, mon cher Marlow ?

— J'ai eu le grand patron du Yard au téléphone à deux heures du matin, et il m'a passé un sacré savon. Il ne supporte plus les attaques des journalistes et exige une arrestation pour leur donner quelque chose en pâture. Mais on ne peut quand même pas mettre un innocent derrière les barreaux !

Angota Kingsley, elle, était pimpante, légèrement maquillée et tout à fait ravissante.

— Vous avez le moral, vous ! observa Marlow.

— Simple question d'apparence, superintendant. J'ai approfondi le dossier la nuit durant et je suis de plus en plus inquiète. Pour ma première affaire, je tombe sur l'un des pires pervers de l'histoire du crime !

— Rien d'intéressant dans les derniers rapports ? interrogea Higgins.

— À mon avis, absolument rien, déplora Marlow. Je vais donner l'ordre d'interpeller un maximum d'individus portant un chapeau et des lunettes noires.

— Inutile, jugea la profileuse. Notre homme ne se promène plus avec ces accessoires.

— Je sais, mademoiselle, mais il faut bien rassurer la population !

— J'envisage un début de piste, révéla Higgins.

— Alors, on met le paquet !

— Surtout pas, mon cher Marlow, car le fil est très tenu et ne mène peut-être à rien. Je dois le tirer avec une extrême délicatesse et ne vous promets pas d'aboutir à un résultat quelconque.

— Et… Ce sera long ?

— Je serai aussi rapide que possible, promit l'ex-inspecteur-chef.

*
* *

L'amphithéâtre n'était guère rempli. Grand, raide, le verbe précipité, le professeur Abraham Lumley donnait un cours magistral portant sur la pénétration du culte de Mithra parmi les légions romaines casernées en Europe de l'Est au IIe siècle de notre ère. Il évoquait le culte des planètes et la vénération envers le taureau sacré.

Au terme de sa péroraison, il rangea une dizaine de feuillets dans une serviette de cuir et se dirigea d'un pas rapide vers la sortie.

— Pourrais-je vous parler un instant ? demanda Higgins.

Le professeur dévisagea l'importun d'un œil dédaigneux.

— À quel propos ?

— Votre essai sur la signification et la symbolique de la rose dans les civilisations anciennes.

— Un ouvrage de référence, unanimement apprécié. Seriez-vous chercheur ?

— À ma façon.

— Ah… Un amateur. Désolé, mon temps est extrêmement précieux.

— Pas autant que le mien, professeur.

— Pour qui vous prenez-vous ?

— Inspecteur Higgins, Scotland Yard.

Abraham Lumley parut franchement surpris.

— Encore cette histoire de plagiat, je parie ! L'étudiante qui m'accuse d'avoir pillé son mémoire est une fieffée menteuse. Si elle continue à m'importuner, je la traînerai en justice !

— Comment s'appelle-t-elle, déjà ?

— Adélaïde Rampor, une institutrice française à la retraite. Jamais je n'aurais dû l'admettre à mon séminaire ! Les amateurs ne causent que des ennuis. C'est bien de cette harpie dont vous souhaitiez me parler, n'est-ce pas ?

— Pas du tout, professeur.

— Mais alors…

— C'est votre goût pour les roses qui m'intéresse.

Abraham Lumley sembla désarçonné.

— C'est une étude extrêmement complexe, et je ne sais pas si…

— Cambridge m'a procuré une excellente formation, précisa Higgins, et j'ai appris à déchiffrer le langage universitaire. Pourquoi avez-vous évité d'aborder la symbolique égyptienne dans votre thèse ? La terre des pharaons a pourtant connu la rose trémière, au moins à partir du Nouvel Empire.

Le visage du professeur s'illumina.

— Vous aussi, vous êtes de Cambridge ! Si nous allions boire une bonne bière ? Je connais un pub traditionnel, à deux pas d'ici.

Lumley appréciait une brune irlandaise titrant 17°. Higgins se contenta d'une blonde légère.

— Pour moi, affirma le spécialiste, la rose trémière n'entrait pas dans le cadre de mes recherches ; ce n'est qu'une malvacée bisannuelle, sans grand intérêt. Et puis je ne souhaitais pas développer ce thème à l'infini ! Mais vous me donnez l'idée d'écrire un article complémentaire. Dites-moi, inspecteur… Quelle est la vraie raison de cet entretien ?

— Des roses, des tulipes, des chaussettes orange, du lapis-lazuli, des mouchoirs brodés et des bouteilles de lait.

Lumley en resta bouche bée quelques instants.

— Qu'est-ce que ça signifie ?

— Vous souvenez-vous d'une élève nommée Samanta Jones ?

Le professeur réfléchit.

— Non, vraiment non.

— Ces noms-là vous seraient-ils plus familiers ?

Higgins soumit au professeur la liste des victimes du tueur en série. Il prit le temps de la lire attentivement, mais son visage ne manifesta aucune émotion.

— Je ne connais pas ces personnes.

— Acceptez-vous de me dire où vous vous trouviez à ces dates précises ?

Higgins présenta une seconde liste, celle des dates et des heures des crimes. Cette fois, Lumley se montra réticent.

— S'agirait-il… d'un interrogatoire ?

— Auriez-vous quelque chose à cacher, professeur ?

— 23 —

Offusqué, Abraham Lumley se leva.

— Je ne vous permets pas, inspecteur ! Cet entretien est terminé.

— J'enquête sur cinq meurtres, révéla Higgins, et je vous conseille de vous asseoir et de me répondre.

Stupéfait, Lumley se rassit très lentement et vida sa chope.

— Cinq meurtres ! Et... par le même assassin ?

— En effet.

— C'est effroyable ! Comment pouvez-vous croire que je suis mêlé à un tel carnage ?

— Je ne crois rien, professeur, et je ne vous accuse pas. J'aimerais simplement connaître votre emploi du temps aux dates et aux heures des crimes.

D'une main tremblante, Abraham Lumley feuilleta son carnet.

— Pour le premier, je fêtais mon anniversaire en famille... Pour le deuxième, j'assistais à une représentation des *Noces de Figaro* à Covent Garden, un véritable massacre ! Pour le troisième, un instant... Ah, voilà ! Je dînais avec des amis. Pour le quatrième... J'étais chez moi, avec un bon rhume de cerveau, et j'ai regardé des crétineries à la télévision. Pour le cinquième, je me promenais à Brighton avec ma compagne. Nous ne sommes pas mariés, mais nous vivons ensemble.

Assoiffé par cette déclaration précipitée, Lumley commanda une nouvelle pinte de bière forte.

— Tous ces gens témoigneront, affirma le professeur, et vous prouveront mon innocence !

— Je n'en doute pas un instant, reconnut Higgins. Fréquentez-vous deux collègues, Dough Dainton et Timoty Fentwick ?

— Fréquenter, c'est beaucoup dire ! Je les ai croisés lors de congrès d'historiens des religions et nous avons échangé des banalités.

— Vos impressions ?

— Fentwick est devenu une institution. Pas une promotion n'est accordée sans un avis positif de sa part ; et l'on dit que Dainton aimerait bien prendre sa place. Un véritable tueur, ce Dainton, un... Oh, pardon ! Je ne...

— Sans importance, professeur ; ce qualificatif ne constitue pas une preuve. Mais vous ne l'aimez guère, dirait-on.

— En réalité, je colporte des ragots, et ce n'est pas très honorable. Dans notre belle profession, les postes sont plutôt rares et les coups volent bas. Moi, je me contente de ce que j'ai et je me tiens à l'écart du marigot où ne peut survivre qu'un seul crocodile, celui qui a dévoré les autres.

— Puis-je solliciter une faveur ? demanda Higgins avec gravité.

— Laquelle ? s'inquiéta Abraham Lumley.

— Ne parler à personne de cet entretien. Officiellement, Scotland Yard ne s'intéresse pas à vous.

— Juré, inspecteur ! Vous n'imaginez pas à quel point cet arrangement me convient.

*

* *

Higgins possédait assez d'expérience pour conclure que le professeur Lumley était hors de cause.

Les hirondelles volaient haut dans le ciel, la température atteignant une vingtaine de degrés devenait insupportable et, à la stupéfaction générale, la météorologie n'annonçait pas la moindre averse avant quarante-huit heures.

Higgins s'assit sur un banc et consulta ses notes.

Malgré l'échec qu'il venait de subir, il demeurait persuadé que le tueur en série était bien un érudit de haut niveau, aux motivations complexes et au processus mental nourri d'informations rares.

C'était là son erreur : croire qu'aucun policier n'aurait le niveau intellectuel suffisant pour exploiter ce type d'indices.

Les remarques de la jeune profileuse allaient dans ce sens. Hélas ! Le temps jouait contre Higgins, car l'assassin, forcément alerté par la presse, ne tarderait plus à changer de territoire et même de mode opératoire.

Jamais il ne s'arrêterait. Angota Kingsley avait raison : à cette série de crimes en succéderait une autre, un mois ou un an plus tard. Et le tueur était suffisamment habile pour ne laisser derrière lui que des indices apparemment inexploitables.

La nuit tombait sur Londres. Combien de jeunes femmes, brunes et jolies, entre vingt et trente ans, parcouraient les rues d'un pas tranquille, ignorant qu'elles formaient des proies pour un redoutable prédateur ?

Higgins se sentait responsable de leur existence, et il se reprocha de n'avoir pas encore réussi à mettre le fauve hors de nuire. Pourtant, son instinct lui affirmait qu'il était sur la bonne piste.

Tâche difficile, en songeant à ces jeunes vies brisées par un monstre de la pire espèce ! Se massant des points d'acupuncture, Higgins retrouva la sérénité et l'énergie nécessaires pour continuer son enquête, les yeux et les oreilles grandes ouvertes.

Ainsi se rendit-il à l'une des salles de conférence du centre de Londres où le professeur Timoty Fentwick, avant de recevoir une nouvelle décoration, allait offrir à un public choisi une causerie érudite sur la place des pierres précieuses dans l'histoire des religions.

— 24 —

— Avez-vous une invitation ? demanda à Higgins une sorte d'huissier chargé de filtrer les heureux élus admis à la conférence du professeur Fentwick.

— Je crains que non.

— En ce cas, désolé. Je ne peux vous autoriser à entrer.

— Ce sauf-conduit vous suffira-t-il ?

L'ex-inspecteur-chef détestait afficher ses titres. Nécessité faisant loi, il montra au cerbère une attestation de la Société Royale d'Histoire signée de Sa Majesté en personne.

— Très honoré, Maître ; veuillez vous installer confortablement.

Timoty Fentwick avait pleinement conscience de son importance. Avec beaucoup d'aisance, il développa de subtiles comparaisons entre l'Égypte, la Grèce, Rome, le christianisme oriental et les traditions asiatiques. Passant allègrement du lapis-lazuli à l'émeraude, de la turquoise au diamant, il démontra la valeur symbolique de ces joyaux selon la pensée des Anciens.

Vivement applaudi, Fentwick reçut ensuite une nouvelle décoration de la part d'une haute autorité universitaire, puis convia ses hôtes à un cocktail où figurait un excellent champagne.

Visiblement ravi, l'érudit reçut une kyrielle de félicitations, de la plus sincère à la plus hypocrite. Lorsque la procession s'interrompit, Higgins s'approcha.

— J'ai beaucoup aimé votre description du corps de la déesse Nout, formé de lapis-lazuli. Les prêtres égyptiens contemplaient donc un ciel de pierre.

— Belle image poétique, ne trouvez-vous pas ? Je n'ai pas l'honneur de vous connaître.

— Inspecteur Higgins, Scotland Yard.

— La police s'intéresserait-elle à l'histoire des religions et des symboles ?

— D'une certaine manière. Acceptez-vous de répondre à quelques questions et d'éclairer ainsi mon enquête ?

— Est-ce vraiment... Sérieux ?

— Très sérieux.

— Laissez-moi saluer mes principaux invités, et nous irons chez moi. Nous y serons au calme pour parler.

*

* *

L'hôtel particulier du professeur Fentwick ne manquait pas d'allure.

Un domestique en livrée ouvrit la porte de chêne.

— Bonsoir, professeur. Satisfait de votre conférence ?

— Aucun problème, John ; voici l'inspecteur Higgins, de Scotland Yard. Nous nous installons au grand salon.

— Que désirez-vous boire ?

— Vous n'avez rien contre un vrai cognac ? demanda Timoty Fentwick à Higgins.

— Ce sera parfait.

Le grand salon était un véritable musée. Aux murs, des gravures représentant des cérémonies religieuses de diverses civilisations. Sur des guéridons anciens, des statuettes provenant d'Afrique et d'Amérique du Sud.

Les fauteuils, eux, étaient de confortables Regency.

— Alors, inspecteur, pourquoi la police de Sa Majesté s'attache-t-elle à ma modeste personne ?

— Votre goût pour le lapis-lazuli m'intrigue.

— Je n'ai aucun penchant pour cette pierre !

— Pourtant, votre conférence…

— Simple affaire de circonstances ! Une vieille lady qui m'invite souvent à la chasse à courre souhaitait me voir évoquer ce thème-là.

— Possédez-vous des mouchoirs de lin brodés ?

— Je me contente de pièces plus ordinaires.

John apporta un remarquable nectar que le professeur et son hôte apprécièrent à sa juste valeur.

— Buvez-vous du lait, professeur ?

— Jamais.

— Et vous n'appréciez probablement pas les fleurs artificielles, même parfaitement imitées ?

— Quelle horreur ! Vos questions me surprennent un peu, inspecteur. Où voulez-vous en venir ?

— Je tente d'identifier un tueur en série. Votre témoignage pourrait être capital.

— Mon témoignage ? Ça m'étonnerait ! Je n'ai jamais rencontré ce genre de monstre !

— Avez-vous eu comme étudiante une jeune femme brune, nommée Samanta Jones ?

— Pas à mon séminaire. Les autres ne font que passer à mon cours magistral et je ne retiens pas leurs noms.

Higgins soumit au professeur la liste des victimes.

— Connaissez-vous l'une de ces femmes ?

— Aucune.

— Puis-je vous poser une question délicate ?

— Vous commencez à m'importuner, inspecteur. Ce sera la dernière.

Higgins regarda Fentwick droit dans les yeux.

— Voici les dates et les heures de cinq crimes. Où vous trouviez-vous à ces moments-là ?

L'érudit tenta de lutter, un début de colère l'étrangla. Mais il sentit qu'il n'échapperait pas à ce policier aussi courtois que déterminé.

— À l'heure du premier crime, déclara-t-il, je prenais l'avion pour l'Italie où je présidais un congrès consacré aux Étrusques. Lors du deuxième, je dînais en compagnie de hautes personnalités universitaires, à l'occasion de mon anniversaire. La troisième date, voyons… Ah oui, je revenais de l'université de Göttingen où je présidais un jury de thèse. La quatrième… Je chassais à courre. En ce qui concerne la dernière, je me trouvais ici pour préparer ma causerie. John vous le confirmera. Satisfait, inspecteur ? Surtout, n'hésitez pas à vérifier !

— Merci de votre autorisation, professeur. Un dernier point : que pensez-vous de votre collègue Dough Dainton ?

— Un ambitieux et un incapable. Nous nous haïssons cordialement, et il n'aura pas ma peau, foi de Fentwick !

— 25 —

À minuit passé, le bureau du superintendant Marlow était en ébullition. Des stagiaires apportaient des dossiers, d'autres les remportaient.

— Je croule sous la paperasse administrative, avoua-t-il à Higgins. Je croyais que les ordinateurs allaient nous en débarrasser pour nous permettre de mieux travailler. En réalité, il faut tout faire en double ! Alors, ce début de piste ?

— Il risque de tourner court. Pourtant...

Marlow admirait le flair exceptionnel de son collègue. Dépassant le cadre étroit de l'analyse et de la logique formelle, il laissait se développer une intuition qu'aucune école de police n'enseignait.

À son attitude, il était sur une véritable piste, mais ne vendrait pas la peau de l'ours avant de l'avoir localisé.

— Le grand patron continue à me harceler, précisa Marlow. S'il ne se produit pas d'arrestation dans les deux prochains jours, il prendra des mesures.

— J'espère obtenir des résultats dès demain ; sinon, nous repartirons à zéro. Tâchez quand même de dormir un peu.

*
* *

À neuf heures du matin, Higgins se présenta à l'université de Londres où officiait Dough Dainton.

La patronne du secrétariat ne tarda pas à le recevoir.

— J'aimerais connaître les heures de cours du professeur Dainton.

— En raison d'une grippe, il n'enseignera pas cette semaine.

— Santé fragile ?

— Pas spécialement. C'est même l'enseignant le moins souvent absent.

— L'adresse que je possède est-elle exacte ?

La secrétaire consulta la page du carnet noir où, d'après le dossier fourni par Malcolm Mc Cullough, Higgins avait écrit les coordonnées du troisième et dernier suspect.

— C'est bien exact.

— Bonne journée, chère madame.

*
* *

Dough Dainton habitait le quatrième étage d'un immeuble de Floral Street, non loin de Bow Street Police Station, qui avait été longtemps le quartier général de la police londonienne, et du Royal Opera House. Touristes et badauds venaient volontiers à la place de l'ancien marché voir jongleurs et acrobates accomplir des exploits.

Higgins sonna.

Pas de réponse.

Il insista.

Un bruit de pas sur un parquet, puis une voix cotonneuse.

— Qui est là ?

— Inspecteur Higgins, Scotland Yard. Pourrais-je vous parler quelques instants, professeur Dainton ?

— Patientez.

Quelques minutes s'écoulèrent, la porte s'entrouvrit.

Dough Dainton était un homme mince d'environ 1,80 m. et d'une quarantaine d'années. Le front large, dégagé, ne portant ni barbe ni moustaches, il avait un menton petit et fuyant, et des yeux de fouine.

Vêtu d'une veste en alpaga et d'un pantalon gris, il avait les mains gantées.

— Mon appartement est en désordre. Allons discuter dehors.

— Le vent a fraîchi, ce matin. En raison de votre grippe, ne devriez-vous pas mettre un manteau et un chapeau ?

— Merci de votre sollicitude, inspecteur, mais ce ne sera pas nécessaire ; l'aspirine a fait baisser la fièvre. Je passe devant, nous prenons l'escalier. J'ai horreur des ascenseurs.

Des nuages gris emplissaient enfin le ciel de Londres. Avant la fin de la matinée, une averse salvatrice dissiperait la moiteur de l'atmosphère.

Le professeur choisit un café à la mode et s'installa au fond de la salle. Il commanda un grog, Higgins un citron pressé.

— L'inspection académique utiliserait-elle Scotland Yard pour vérifier mon état de santé ? ironisa le professeur. Rassurez-vous, il s'améliore rapidement et je reprendrai mon cours dès lundi prochain.

— Sur quoi porte-t-il ?

— Les rites d'allaitement dans les religions anciennes.

— La déesse égyptienne, Nout, la mère céleste, n'allaitait-elle pas le pharaon pour lui donner la puissance du cosmos ?

102

– Remarquable, inspecteur ! Auriez-vous suivi une formation d'historien des religions ?

– De manière épisodique.

– La même déesse fournit de l'eau aux défunts pour assurer leur survie dans l'autre monde. Et j'ajouterai que le refus d'allaiter, dans notre monde moderne, est une véritable catastrophe pour les enfants. Ne revient-il pas à l'historien de rappeler les leçons du passé pour réparer les erreurs du présent ?

Dainton vida son grog et en commanda un second.

– Vous n'êtes pas ici pour me parler de mes cours, je suppose ? Après cette entrée en matière, venons-en à l'essentiel.

– Cinq meurtres, dit Higgins avec calme.

— 26 —

Les mains gantées du professeur serrèrent le verre de grog.

— Cinq meurtres... Et commis par le même assassin ?

— En effet.

— Un tueur en série ! Sale affaire.

— Vous ne lisez pas les journaux ?

— Jamais. Je me contente des revues spécialisées et je n'écoute, à la radio, que les brefs bulletins d'information des chaînes culturelles. J'évite ainsi quantité d'inepties et de bavardages inutiles.

— Voici la liste des victimes, avança Higgins.

D'interminables secondes s'écoulèrent. On aurait juré que le professeur déchiffrait les noms lettre par lettre.

— D'après les prénoms, observa-t-il, rien que des femmes.

— Toutes brunes, jeunes et jolies. La plus âgée avait vingt-neuf ans.

— La vie est cruelle et injuste, inspecteur. Par bonheur, Jésus, Mahomet et Bouddha nous enseignent la paix, la tolérance et l'amour. Quel désastre, toute cette violence ! En menant la grande guerre sainte contre ses pulsions animales, l'homme réussira à devenir une créature presque parfaite, à l'image de Dieu.

— Souhaitons-le, professeur. Connaissiez-vous une ou plusieurs de ces cinq victimes ?

— Qui peut se vanter de vraiment connaître quelqu'un ?
Comme l'affirmaient les mystiques rhénans, l'âme humaine
demeure insondable.

— Je formule ma question autrement : les avez-vous ren-
contrées ou fréquentées ?

Dainton examina de nouveau la liste.

— Ces noms ne me disent rien ; pourtant, j'ai une excellente mémoire. Il faut donc en conclure que ces personnes
et moi-même sont totalement étrangères les unes à l'autre.

— Samanta Jones était étudiante en égyptologie. N'aurait-
elle pas fréquenté vos cours ?

— Ah, voilà la raison de votre curiosité policière ! Mes
cours attirent quantité d'étudiants et d'étudiantes ayant
choisi une spécialité et désirant s'initier aux vertus du com-
paratisme. Je ne cherche pas à retenir leurs noms. Tout
lasse, tout passe, tout casse, inspecteur, sauf l'histoire de
nos belles religions qui rendent l'homme meilleur.

— Aimez-vous les fleurs ?

— Ah, les fleurs, quelles merveilles… et quelle leçon ! Les
plus belles des roses n'ont-elles pas des épines ? La grâce la
plus accomplie peut être porteuse de souffrance, et nous
devons accepter notre humble condition. Pardonnez-moi,
je dois me moucher.

Dainton utilisa un mouchoir en papier.

— J'ai rencontré le professeur Fentwick, précisa Higgins,
lors d'une conférence sur le lapis-lazuli.

— Mon honorable collègue est un mondain, avide de
titres et de décorations. Voilà bien longtemps qu'il a oublié
la recherche.

— Cette pierre ne vous fascine-t-elle pas ?

— Elle ne manque pas de panache, mais je lui préfère la
turquoise que les anciens extrayaient au mois d'août, en

pleine chaleur. Et même les pierres s'usent, inspecteur. Nous sommes les esclaves du temps.

— Comment vous êtes-vous intéressé à l'histoire des religions ?

— Des lectures, des rencontres, des opportunités… J'aurais pu devenir simple professeur d'histoire, mais les grandes doctrines et la comparaison entre les croyances m'ont intéressé. La pratique de plusieurs langues m'a facilité la tâche. Ne sommes-nous pas argile et paille entre les mains de Dieu ?

— Êtes-vous marié, professeur ?

— Le travail universitaire est trop absorbant pour laisser la place à une vie de famille. Je n'aurais fait ni un bon époux ni un bon père. Connaître ses limites n'est-il pas le début de la sagesse ?

— Regardez ces dates et ces heures, je vous prie.

Dough Dainton examina le feuillet.

— À quoi correspondent-elles ?

— Aux cinq crimes, répondit Higgins.

— La police scientifique se montre de plus en plus précise, paraît-il. Quelle liste macabre !

— À ces moments-là, professeur, où vous trouviez-vous et que faisiez-vous ?

— Quelle drôle de question ! Vous… Vous me soupçonnez ?

— Simple routine. J'ai posé cette même question à quelques-uns de vos collègues.

— Je vois mal l'illustre Fentwick en assassin de jeunes femmes ! Mais le monde est tellement bizarre…

— Revenons à vous-même.

— Oh, c'est tout bête ! Je me trouvais chez moi.

— À chacune de ces dates ?

— À chacune.

106

— Seul ?

— Seul. Je travaille à la rédaction d'un traité qui fera date, et j'ai besoin de calme et de concentration. Vous n'imaginez pas le nombre de références qu'il faut manipuler pour rédiger un ouvrage parfaitement documenté. Fentwick en pâlira de rage ! L'effort est considérable, mais il en vaut la peine. Plus aucun confrère et plus aucun étudiant ne pourront se passer de cette bible ; c'est pourquoi je dois retourner à ma table de travail. Cette maudite grippe ne m'arrêtera pas. Heureux de vous avoir rencontré, inspecteur, et bonne chance pour votre enquête. Si Scotland Yard mérite sa réputation de meilleure police du monde, vous finirez bien par arrêter l'assassin.

— 27 —

Higgins médita un long moment avant de prendre quelques notes sur son carnet noir. Puis il appela le numéro personnel de Scott Marlow qui répondit dès la deuxième sonnerie.

– Une urgence, superintendant. Mettez immédiatement sous surveillance permanente le domicile du professeur Dough Dainton. Dès que vos hommes seront arrivés, je vous rejoindrai pour vous expliquer.

Marlow nota les coordonnées du suspect et promit de faire le nécessaire sans tarder.

Higgins marcha jusqu'au domicile de l'érudit et, moins d'une heure plus tard, repéra une partie du dispositif adopté par le superintendant qui n'avait pas lésiné sur le nombre d'inspecteurs en civil. Livreurs, marchands ambulants, badauds, facteur… toutes les astuces du métier étaient utilisées. *A priori*, Dainton n'avait aucune chance de passer entre les mailles du filet.

Higgins héla un taxi et le pria de se rendre rapidement au Yard.

*
* *

Scott Marlow était effondré, la profileuse demeurait prostrée sur une chaise.

L'ex-inspecteur-chef comprit qu'un événement grave venait de se produire.

— Un sixième meurtre, déclara le superintendant. Une impasse proche de l'endroit où nous avons retrouvé le cadavre de la première victime.

— Qui vous a alerté ?

— Un clochard qui s'installait là pour dormir. Il a eu tellement peur qu'il n'arrête pas de raconter sa mésaventure. Après l'intervention de la police scientifique, j'ai fait déposer le corps chez Babkocks qui m'a promis de l'examiner au plus vite. D'après ses premières constatations, même mode opératoire.

— Les mêmes objets ?

— Le mouchoir, la bouteille de lait, le morceau de lapis-lazuli, la rose et la tulipe en soie rouge, la chaussette orange… Pas un ne manquait.

— Connaît-on l'identité de la victime ?

— Malheureusement non. Une jolie et jeune brune, ressemblant aux précédentes ; pas de papiers sur elle, pas de sac à main. Je fais procéder à une enquête de proximité ; nos hommes interrogent les voisins et les commerçants.

— C'est terrifiant, déplora Angota Kingsley. J'ai l'impression de bien connaître ce monstre, et rien ne permet de remonter jusqu'à lui !

— J'ai un petit espoir, mademoiselle, avança Higgins.

— Un suspect… Un vrai suspect ?

— Je le pense.

— De qui s'agit-il ?

— D'un professeur d'histoire des religions, Dough Dainton. Il correspond, selon moi, au portrait du tueur que vous avez tracé.

– Vous êtes sûr, inspecteur ?

– Les probabilités ne sont pas négligeables, mademoiselle.

– Pourquoi ne pas l'interroger maintenant ?

– Parce que j'espère le voir commettre une erreur fatale.

– Et s'il tentait de tuer à nouveau ?

– Impossible, indiqua le superintendant. Il vient d'être mis sous étroite surveillance et ne pourra pas bouger le petit doigt sans que nous le sachions. Son téléphone est sur écoute, et des micros directionnels nous permettent d'entendre tout ce qui se passe dans son appartement. D'ici une heure, nous observerons même ses faits et gestes grâce à une installation sophistiquée.

– Avez-vous obtenu les autorisations nécessaires ? s'inquiéta Higgins.

– Je les aurai demain. En attendant, le grand patron me couvrira… à condition que vous ne vous soyez pas trompé, Higgins. Sinon, la justice se déchaînera et je serai mis à la retraite d'office. Rendons-nous à la salle des écoutes.

L'ex-inspecteur-chef découvrit les nouvelles installations du Yard où, malgré l'automatisation poussée au maximum, il fallait encore quelques techniciens pour contrôler les machines et traiter l'information. Bientôt, des robots s'en chargeraient.

Un jeune informaticien s'occupait du cas Dainton.

– Tout fonctionne ? s'inquiéta Scott Marlow.

– À merveille, superintendant. Dans moins d'un quart d'heure, nous aurons le contact optique.

– Le suspect a-t-il téléphoné ?

– Non, il a marché dans son appartement et fait couler de l'eau pendant quelques secondes, sans doute pour se laver les mains. Depuis, silence. Ah… Il vient d'allumer la radio. Et à fond !

— Il se sait espionné, estima Higgins, et veut dissimuler un autre bruit. Pouvez-vous l'identifier ?

— Pas de problème, répondit le technicien. Je vais vous isoler ça.

De la manipulation ressortit une sorte de « clac » que l'ex-inspecteur-chef identifia pour l'avoir récemment entendu.

— Dainton vient de sortir de son appartement et d'en refermer la porte ; c'est la faute que j'attendais. Il va tenter de se débarrasser d'indices compromettants.

Marlow alerta aussitôt le chef de son dispositif sur place et lui ordonna d'arrêter le suspect dès qu'il apparaîtrait dans la rue.

D'interminables minutes s'écoulèrent.

— Existe-t-il une autre sortie ?

— Non, nous avons vérifié. Et le toit est surveillé.

L'ex-inspecteur-chef était perplexe.

— On fonce, décida Marlow, et on fouille l'appartement de fond en comble. Si le professeur s'est enfui, c'est déjà un aveu.

— 28 —

Higgins sonna.

Derrière lui, le superintendant Marlow, la profileuse Angota Kingsley, trois inspecteurs et quatre policiers en uniforme.

Un pas lourd sur le parquet.

Et la porte s'ouvrit.

— Encore vous ! s'étonna le professeur Dough Dainton. Et pas seul... Une véritable invasion !

— Vous êtes suspecté de six meurtres, déclara Scott Marlow.

— Rien que ça ! Et vous avez des preuves ?

— Nous sommes ici pour en trouver.

— Une perquisition... Disposez-vous des autorisations légales ?

— Pas encore, mais je ne vous recommande pas de faire obstruction à l'enquête.

— Et mon téléphone est déjà sur écoute, je parie ? Sans oublier une surveillance acoustique et optique de mon appartement. Il y a peut-être même un satellite chargé de m'espionner ! Ces fantaisies vont vous coûter fort cher et la réputation du Yard n'en sortira pas grandie. Nous sommes dans un pays où la liberté individuelle et le respect des

112

procédures ne sont pas des vains mots. Comptez sur moi pour le faire savoir.

Angota Kingsley était tétanisée.

Elle se trouvait en face de l'homme dont elle avait tracé le portrait.

Tout correspondait : le physique, l'allure, la façon de s'exprimer, l'attitude mentale.

Et il narguait la police, comme s'il était sûr de lui échapper.

— Nous autorisez-vous à fouiller votre appartement ? demanda Scott Marlow, contrôlant sa colère.

— Je vous en prie, ne vous gênez pas ! Mais je prendrai des photos avant et après votre intervention. Et dès votre départ, je porterai plainte.

Higgins observait les mains du professeur. Attaches fines, mais des doigts épais, d'une puissance inquiétante.

— Êtes-vous sorti de votre appartement dans l'heure qui a précédé notre arrivée ? questionna l'ex-inspecteur-chef.

— J'ai lu, je me suis lavé les mains et j'ai écouté la radio. Voilà mes derniers délits.

— Soit vous vous êtes rendu dans un autre appartement, et nous allons procéder aux vérifications nécessaires ; soit vous êtes descendu à votre cave.

— Je n'en possède pas.

— Commençons par là, décida Higgins.

Un instant, un très bref instant, le regard de Dough Dainton vacilla. Il se reprit aussitôt.

— Je suppose que vous me passez les menottes ?

— Pas du tout, professeur. Des policiers vont assurer votre sécurité pendant que nous recherchons la trace d'un dangereux criminel. Comme vous le constatez, Scotland Yard n'a rien commis d'illégal et respecte parfaitement votre liberté individuelle qu'elle tient même à protéger. Dès la

113

fin de notre enquête sur place, vous pourrez vaquer à vos occupations.

La profileuse crut que Dainton allait sauter au cou de Higgins et l'étrangler pour se débarrasser d'un adversaire redoutable.

Mais le professeur garda son calme.

— Faites vite. J'avais précisément envie d'aller prendre l'air.

*

* *

Chaque cave portait un numéro et un nom.

Pas de Dainton.

— C'est raté, Higgins ! constata Scott Marlow. Je ne sais comment il s'y est pris, mais il a réussi à se débarrasser des preuves. Je vais quand même faire fouiller l'appartement, en connaissant d'avance le résultat et les ennuis.

— Dressez la liste des propriétaires des caves.

Grâce aux informations du Yard, l'opération ne prit pas plus d'une demi-heure. Higgins procéda à la vérification.

Tout concordait, à l'exception d'une seule cave numérotée 9 bis au nom de Wilson qui ne figurait pas sur la liste. Tout au fond d'un couloir, elle ne bénéficiait pas de l'éclairage.

— Regardez le sol, dit Higgins à Marlow : il y a au moins deux traces de pas récentes. Faites venir les techniciens de l'identité judiciaire et un serrurier.

Avant l'ouverture de la porte, des empreintes furent relevées.

La gorge de Scott Marlow se serra. Qu'allait-on découvrir à l'intérieur de ce réduit ?

La lampe de poche de Higgins éclaira un meuble métallique dépourvu de poussière ; pas la moindre trace de toile d'araignée. À l'évidence, le propriétaire entretenait régulièrement l'endroit.

« Au moins, pensa le superintendant, il n'y a pas de cadavre ! » Si le meuble contenait des archives appartenant au professeur Dainton, fourniraient-elles une preuve décisive ?

Le serrurier du Yard utilisa délicatement une petite clé, et Higgins fit coulisser le tiroir principal.

À l'intérieur, des boîtes en aluminium. L'ex-inspecteur-chef ouvrit la première.

– Venez voir, mon cher Marlow.

Elle contenait quatre mouchoirs en lin brodés.

La deuxième, quatre petits morceaux de lapis-lazuli. La troisième, quatre roses et quatre tulipes en soie rouge. La quatrième, quatre chaussettes orange.

— 29 —

— Ce n'est pas trop tôt ! s'exclama Dough Dainton en voyant réapparaître Scott Marlow et Higgins. Vous m'avez assez protégé ; maintenant, je vais me promener.

— Je ne crois pas, objecta le superintendant.

— Persécution policière inadmissible !

Angota Kingsley, qui n'avait cessé de fixer le professeur pendant cette longue attente, fut étonnée de l'attitude du superintendant. À l'évidence, il tenait une nouvelle carte.

— Votre cave 9 bis contient de surprenants objets, monsieur... Monsieur Wilson.

— Je m'appelle Dough Dainton.

— Pas toujours, semble-t-il.

— Vous racontez n'importe quoi !

— Je vous arrête, décréta Scott Marlow.

— Où sont vos preuves ?

— Des mouchoirs de lin, des morceaux de lapis-lazuli, des roses et des tulipes artificielles, des chaussettes orange... Vous avez dissimulé ces indices déterminants, indispensables pour commettre vos prochains crimes, dans une cave marquée à un faux nom.

— Balivernes !

— Dans la précipitation, vous avez laissé des traces. Il en existe peut-être d'autres dans cet appartement, et je vous

116

promets d'obtenir très rapidement l'autorisation de le fouiller de fond en comble. Pour commencer, retirez vos chaussures.

— C'est dégradant, je…

— Je vous le demande poliment et gentiment, dit Marlow, glacial.

— Si cela peut vous amuser…

Le professeur s'exécuta.

Les chaussures furent aussitôt déposées dans un sac en plastique.

— Nous allons vous en procurer d'autres, annonça le superintendant. En attendant, veuillez vous asseoir. Vu votre dangerosité, vous serez menotté.

Vaguement ironique et tout à fait méprisant, Dough Dainton ne sourcilla pas.

La profileuse s'adressa à Higgins.

— C'est lui, ce ne peut être que lui ! Ainsi, vous avez réussi…

— Je l'espère, mademoiselle.

— En doutez-vous encore ?

— Franchement, non. Et je vous remercie pour votre collaboration qui a été fort précieuse.

— Comment avez-vous procédé pour le dénicher ?

— De vieilles méthodes, un peu de flair et beaucoup de chance. L'essentiel était de sauver des vies.

Dough Dainton semblait indifférent, comme si les événements ne le concernaient pas. Les yeux mi-clos, il ne prêtait aucune attention au ballet des policiers qui fouillaient chaque parcelle de son appartement.

— Tout va bien, annonça Marlow à Higgins et à la profileuse. Je viens d'avoir le grand patron au téléphone, et le dossier lui paraît suffisamment solide pour qu'il couvre toutes nos démarches. Les indices ont été expédiés au labo, et nous aurons très vite des résultats. Dites-moi, Higgins, vous êtes sûr que c'est bien lui ?

— Tout à fait sûr.

— Je confirme, appuya Angota Kingsley. Il a le profil exact de l'assassin.

Les échos d'une violente altercation à la porte de l'appartement leur firent tourner la tête.

Une grande brune, très belle, vêtue de manière provocante, injuriait le planton chargé d'interdire l'accès au domicile du professeur.

— Vous ne savez pas qui je suis, espèce de mule ! Avec votre uniforme de tortionnaire, vous croyez m'impressionner !

Le superintendant s'insurgea.

— Calmez-vous, madame.

— Mademoiselle.

— Qui êtes-vous ?

— Maître Dorothea Lambswoll. Je veux voir immédiatement mon client.

Le ciel gris tombait sur la tête du superintendant.

Pasionaria jugeant l'extrême gauche beaucoup trop molle dans sa critique du capitalisme, l'avocate publiait à jets réguliers des articles incendiaires contre Scotland Yard et assurait la défense des pires criminels, depuis les assassins d'enfants jusqu'aux violeurs de vieilles dames. N'étaient-ils pas des êtres humains dignes de respect, corrompus par une société vouée à la loi du profit ? Disciple de Rousseau, de Lénine, de Mao Tse-Toung et de Che Guevara, elle obtenait des acquittements spectaculaires en utilisant les vices de procédure et prenait la tête de manifestations pour condamner les brutalités policières et l'injustice imposée par les classes dominantes. Juriste de première force, elle était le cauchemar de Scotland Yard.

— Que faites-vous ici, maître ?

– Vous avez procédé à l'arrestation illégale d'un professeur d'université honorablement connu, Dough Dainton, et je viens l'arracher à vos griffes.

– Qui vous a alertée ?

– Secret professionnel. Vous avez beau mettre les citoyens sur écoute, ils savent se défendre.

Ainsi, Dainton avait tout prévu !

– Je veux voir immédiatement mon client, répéta-t-elle.

– Il est en garde à vue.

– Ici, dans son appartement ?

– Nous l'emmenons à l'instant.

Deux policiers obligèrent le professeur à se relever.

Il souriait d'aise.

– Cet homme est en chaussettes ! s'exclama l'avocate. Une véritable humiliation !

Par bonheur, un inspecteur apporta des bottines.

– Rassurez-vous, maître, nous prenons soin de son confort.

– Je ne porte jamais ce genre d'horreurs, déclara Dainton. Veuillez noter, maître, qu'on m'oblige à les chausser.

– Rassurez-vous, dit Dorothea Lambswoll, le moindre détail sera consigné.

– Je suis innocent des crimes dont on m'accuse et victime d'insupportables persécutions policières.

– Ne craignez rien, professeur. Je m'occupe de votre cas, vous serez bientôt libre.

L'avocate toisa le superintendant.

– Dès son arrivée à Scotland Yard, un médecin examinera Mr. Dainton pour vérifier qu'il n'a pas été frappé par vos sbires. Si la moindre trace de coup apparaît par la suite, vous et votre équipe serez lourdement condamnés. J'attends vos preuves, superintendant ! Et j'espère pour vous qu'elles sont aussi solides que du granit.

— 30 —

À l'arrivée au Yard, un deuxième cauchemar attendait Scott Marlow. Le médecin exigeant d'examiner Dainton n'était pas un praticien ordinaire.

Il s'agissait de la psychiatre Martina Sigol, experte auprès des tribunaux et adversaire obstinée de la police. Sa spécialité consistait à faire acquitter les assassins en affirmant leur irresponsabilité ; aussi convaincante que séduisante, elle avait mis plus d'un juge dans sa poche et obtenait l'oreille des médias. Elle s'affichait volontiers au bras de politiciens influents et ne manquait pas une seule réunion mondaine où il fallait être remarqué.

— J'exige de voir immédiatement le professeur Dainton, déclara-t-elle sèchement.

— Désolé, rétorqua Marlow, nous devons l'interroger.

— Maître Dorothea Lambswoll m'a parlé de la brutalité de votre intervention. Je dois l'examiner afin de vérifier qu'il ne porte pas de traces de coups et qu'il est en état de répondre à vos questions. Sinon, je l'emmène à l'hôpital ; nous sommes en Angleterre, superintendant, pas dans une colonie opprimée.

— Entendu, mademoiselle, accepta Higgins. Mais un médecin du Yard assistera à la consultation.

Martina Sigol fulmina.

— Vous n'avez pas confiance en mon jugement ?

— Bien sûr que si, mais mieux vaut prendre un maximum de précautions, ne croyez-vous pas ?

— Quel est votre nom, inspecteur ?

— Higgins.

— Ah… Vous avez repris du service ?

— Juste le temps de seconder mon ami Scott Marlow pour résoudre cette pénible affaire et tenter de sauver des vies.

La nouvelle ne parut pas réjouir la psychiatre.

— Bon, allons-y.

La psychiatre examina Dainton avec minutie et s'entretint longuement avec lui.

— Vous pouvez l'interroger, conclut Martina Sigol, mais en évitant toute brutalité. À mon avis, cet homme souffre d'un psychisme extrêmement fragile.

— Ce n'est pas mon avis, objecta Angota Kingsley.

La psychiatre toisa la jeune femme, comme si elle s'apprêtait à écraser un insecte.

— Qui êtes-vous, mademoiselle ?

— Kingsley, profileuse.

— Vous vous piquez de psychologie et croyez pouvoir me contredire… Détrompez-vous ! Face à mes conclusions, les vôtres ne feront pas le poids.

— Nous verrons bien, docteur.

— C'est tout vu, mademoiselle. Mon premier rapport envisagera un type de schizophrénie à tendance morbide qui rend l'individu inconscient de certains actes, donc irresponsable. Il y a des signes remarquables aux yeux d'un spécialiste que vous n'êtes pas. Dès la fin de la garde à vue, je procéderai à un examen clinique approfondi.

La psychiatre claqua la porte du bureau de Scott Marlow.

— Nous sommes mal partis, jugea le superintendant. La pire des avocates et la pire des psychiatres ! Chacune a fait libérer un nombre impressionnant d'assassins qui, jadis, auraient mérité la peine de mort ! Séparément, elles étaient déjà redoutables, mais ensemble…

— Ne baissons pas les bras, recommanda Angota Kingsley. Face à des preuves irréfutables, la justice ne reculera pas.

— Vous risquez d'être fort déçue, prédit Marlow. Maître Lambswoll et le docteur Sigol espèrent tenir l'une des plus belles affaires criminelles du siècle et se faire une publicité maximum.

— Mademoiselle Kingsley a raison, estima Higgins. La bataille n'est pas encore perdue, et nous devons d'abord établir de manière irréfutable la culpabilité de Dough Dainton.

Énervé, Marlow appela le laboratoire central.

— Nous aurons des résultats dans une demi-heure, annonça-t-il.

— Pas de nouvelles de Babkocks ? s'étonna Higgins.

— Non, rien.

L'ex-inspecteur-chef réussit à joindre le légiste.

— Babkocks est débordé, apprit-il au superintendant et à la profileuse. On vient de lui soumettre le cadavre d'un vieux lord qui se serait suicidé en se pendant à la poutre maîtresse de la salle à manger de son château hanté. Comme elle culmine à quatre mètres et qu'il n'a pas utilisé de chaise, son ex-femme, déshéritée par la nouvelle épouse, émet des doutes. Cette affaire élucidée, il se penchera sur notre sixième cadavre avec beaucoup d'attention, car un détail l'intrigue.

— Lequel ?

— Il n'a pas voulu m'en parler au téléphone.

Les résultats du labo arrivèrent.

Marlow alla directement aux conclusions, un sourire illumina son visage.

— On tient ce salopard !

— 31 —

— Asseyez-vous, professeur Dainton, dit Marlow avec calme. Vous connaissez déjà l'inspecteur Higgins.

— En effet, mais j'ignore le nom de cette jeune personne.

— Je m'appelle Angota Kingsley et je suis profileuse.

— Drôle de métier ! Ainsi, vous passez votre temps à imaginer le visage des assassins.

— Le vôtre ne m'a pas surpris, monsieur Dainton.

— Eh bien, vous vous êtes lourdement trompée ! Quand allez-vous me libérer, superintendant ?

— J'ose espérer que vous ne sortirez plus jamais d'une cellule.

— Ce n'est pas l'avis de maître Lambswoll. Et vous ne possédez aucune preuve contre moi.

— Inexact, Dainton ! Le rapport du labo est formel : la cave 9 bis vous appartenait bel et bien. Vos empreintes figurent sur la porte et la serrure. Et les traces de pas, récentes, correspondent à vos chaussures.

— Et alors ?

La réplique stupéfia le superintendant.

— Comment, et alors ! Voilà la preuve que vous nous avez menti et que vous êtes bien le propriétaire de cette cave !

— Pas du tout, rétorqua le professeur. Cela indique, tout au plus, que je me suis approché de cet endroit, que j'ai

123

posé la main sur cette porte et que j'ai constaté mon erreur en voyant le nom de Wilson. Et puis le chiffre neuf est sacré. Il correspond à l'Ennéade divine de l'Égypte ancienne, la confrérie des puissances créatrices. Comment aurais-je pu forcer une telle porte ?

— Vous ne l'avez pas forcée, observa Higgins, puisque vous êtes le propriétaire de cette cave. Après notre entretien, vous avez décidé d'ôter de votre appartement des indices accablants et de les dissimuler dans ce local, avec l'espoir que nous ne parviendrions pas à le repérer.

— Je maintiens ma position, dit Dough Dainton sans hausser le ton.

— Elle n'est pas tenable, intervint la profileuse. Vous avez commis six crimes en déposant certains objets sur les cadavres. Et ceux que vous comptiez utiliser pour en commettre quatre autres ont été retrouvés dans votre cave.

— Vos affirmations sont erronées, mademoiselle. Ma seule activité consiste à étudier l'histoire des religions, notamment les grands monothéismes qui nous apprennent à aimer notre prochain et à vivre en paix. Si nous écoutions les messages de Jésus, de Mahomet et de Bouddha, notre monde serait un paradis.

— Janet Wilson, 21 ans, vendeuse dans un supermarché, commença à énumérer Marlow ; Samanta Jones, 22 ans, étudiante en égyptologie ; Maureen Latcher, 24 ans, femme de ménage ; Margaret Thorp, 23 ans, serveuse de restaurant ; Diana Bronte, 29 ans, fiscaliste. Et une sixième jeune femme dont nous ignorons encore l'identité. Acceptez-vous de nous la donner, Dainton ?

— Je ne comprends même pas votre question, superintendant.

— Reconnaissez-vous avoir assassiné ces jeunes femmes en les étranglant ?

— Bien sûr que non. Qui a pu vous mettre en tête une pareille idée ?

— Vous avez œuvré *sous la rose*, rappela la profileuse, donc dans le secret le plus absolu ; à présent, c'est terminé. Vous n'avez plus à nous cacher la vérité, professeur. Vous pouvez même nous l'exposer en toute sérénité, nous vous écouterons avec attention et tenterons de vous comprendre. Aucun de vos actes n'était injustifié, j'en suis persuadée. Et nous avons besoin d'entendre vos explications.

— Sur un point, vous avez raison : tout ce que j'accomplis est parfaitement justifié, comme l'exige la loi divine. La grande vérité, c'est Dieu qui la possède ; voilà pourquoi il nous enseigne l'amour.

— Pourquoi avez-vous acheté des mouchoirs de lin chez James and James ? demanda Higgins.

— Je n'utilise que des mouchoirs en papier.

— Vous vous êtes également procuré des morceaux de lapis-lazuli chez le meilleur spécialiste de Londres.

— Je ne suis pas collectionneur, inspecteur.

— Vous détestez la nature au point de n'acheter que des fleurs artificielles, parfaitement imitées.

— Pure invention.

— Niez-vous également votre goût pour les chaussettes orange ?

— Ce serait du très mauvais goût. Un professeur d'histoire des religions doit savoir se tenir.

— Pourquoi choisir uniquement des jeunes femmes brunes, âgées de vingt à trente ans, et célibataires ? Vous rappelleraient-elles un grand amour déçu ?

— Seul compte l'amour de Dieu pour ses créatures, comme l'enseignent les grandes religions. Au lieu de vous occuper de choses horribles, vous feriez mieux de lire la Bible et le Coran.

— Votre système de défense est absurde, Dainton ! tonna Scott Marlow. Nous avons des preuves irréfutables, vous feriez mieux d'avouer.

— D'une part, je ne vois aucune preuve ; d'autre part, mon innocence est évidente. En conséquence, je ne répondrai plus à aucune de vos questions hors de la présence de mon avocate.

— Malgré tout son talent, elle ne vous sortira pas d'affaire.

— Croyez-vous ? Maintenant, apportez-moi à boire et à manger. Et pas un ignoble sandwich, mais une nourriture de qualité. Je vous rappelle que je ne suis pas n'importe qui.

— Cessez cette comédie, Dainton ! Et ne tentez pas de jouer les déments.

— Redouteriez-vous l'excellente doctoresse Sigol, superintendant ?

— C'est moi qui pose les questions !

— Dorénavant, vous les poserez dans le vide.

— 32 —

Pendant que Dough Dainton déjeunait dans une cellule relativement confortable et récemment repeinte, bénéficiant de conditions de détention contre lesquelles l'avocate Dorothea Lambswoll ne trouverait rien à redire, Marlow, Higgins et la profileuse faisaient le point sur ce premier interrogatoire.

— Échec total, constata le superintendant. Ce bonhomme est une muraille infranchissable ! Il nierait même l'évidence.

— Je vous avais prévenu, rappela Angota Kingsley. Dainton n'est pas un assassin ordinaire. Aucun argument ne le déstabilisera.

— Et le voilà assisté d'une avocate et d'une psychiatre qui feront tout pour l'innocenter !

— Il existe forcément une faille, estima Higgins. À nous de la déceler.

— Vous avez raison, approuva la profileuse. Après une telle arrestation, ce n'est tout de même pas le moment de désespérer !

Le téléphone sonna.

— Marlow, oui… Exact, Sir… Non, pas encore… La stricte légalité, rassurez-vous… Des aveux complets et rapides, nous l'espérons… À bientôt, Sir.

Le superintendant raccrocha.

127

— C'était le grand patron. L'avocate et la psychiatre l'ont déjà contacté et préparent une campagne de presse ; nous n'avons pas le droit au moindre faux pas.

Un policier en uniforme apporta au superintendant la liste des objets découverts dans l'appartement de Dough Dainton.

Higgins consulta un double : livres anciens et modernes, aspirateur, matériel de cuisine sophistiqué, vêtements de qualité, produits de toilette raffinés, une radio, un ordinateur, linge de maison, mobilier traditionnel.

Ni mouchoir en lin brodé, ni morceau de lapis-lazuli, ni fleurs artificielles, ni chaussettes orange. Et le réfrigérateur ne contenait pas de bouteille de lait.

Marlow ne cacha pas sa déception, mais Higgins le réconforta.

— Dainton n'aurait pas commis l'erreur grossière de laisser un indice déterminant dans son appartement. C'est pourquoi, dès qu'il s'est senti menacé, il a descendu les objets compromettants à la cave.

— Si nous avions lancé tout de suite une perquisition…

— Elle aurait été déclarée illégale, et maître Lambswoll en aurait fait son miel. Il nous faut, à présent, accumuler davantage d'éléments. Mademoiselle Kingsley, vous allez rassembler tous les documents concernant le passé de Dainton : ses parents, ses études, sa carrière universitaire. Moi, je vais faire le tour des bons restaurants proches des lieux du crime et leur montrer la photographie de l'assassin ; puisqu'il semble apprécier la bonne chère, il y a peut-être déjeuné ou dîné sans chapeau ni lunettes noires.

— J'envoie d'autres inspecteurs dans les supermarchés, décida Marlow. Une vendeuse se souviendra peut-être de cet acheteur de bouteilles de lait Lactornat. De mon côté, je commence à remplir les dossiers et je n'oublie pas d'explorer le contenu de son ordinateur. La moindre faute de procédure nous serait fatale.

Le téléphone sonna de nouveau.

Marlow écouta sans dire un mot et raccrocha sans dire un mot.

— Une meute de journalistes attend mes explications ! Et demain paraît un article de maître Dorothea Lambswoll intitulé : « Scotland Yard s'attaque à l'université ».

— Nous n'avons pas intérêt à traîner, jugea la profileuse. Je me mets immédiatement en chasse.

*

* *

— Reconnaissez-vous cet homme ? demanda Higgins au maître d'hôtel du Restaurant Vanity French qui servait de l'honorable cuisine française.

— Ça oui ! Un client exigeant, pour ne pas dire plus. Il a demandé notre menu surprise, renvoyé deux plats et passé une bonne demi-heure à choisir un vin avec le sommelier.

— Vous souvenez-vous de la date à laquelle il a dîné chez vous ?

— Un instant, inspecteur. Bien que ce monsieur ait payé en liquide et que je ne connaisse pas son nom, j'ai noté sa pénible prestation sur un petit carnet. Un jour, je crois, je rédigerai mes mémoires.

La date correspondait à celle de l'assassinat de Diane Bronte. Et ce témoignage s'ajoutait aux quatre précédents.

Avant chaque meurtre, Dough Dainton avait dîné dans un restaurant haut de gamme, commandé les meilleurs plats et les meilleurs vins, et s'était comporté en client pointilleux, voire insupportable, n'hésitant pas à critiquer le service ou la décoration de l'établissement.

Nulle part, il n'avait donné son nom ; partout, il avait payé en liquide. Néanmoins, ces témoignages éclairaient les habitudes et le comportement du prédateur.

Restait un point délicat : aucun restaurant n'avait signalé la présence de Dainton le jour de l'assassinat de la sixième victime.

La nuit était tombée sur Londres, un délicieux crachin rafraîchissait enfin l'atmosphère. Amateur de longues promenades, Higgins décida de regagner le Yard à pied.

Quelque chose d'essentiel lui échappait.

Certes, le professeur d'histoire des religions était un redoutable tueur en série, mais plusieurs zones d'ombre n'étaient pas encore dissipées.

Perdu dans ses pensées, l'ex-inspecteur-chef ne s'aperçut pas qu'il était suivi.

Alors qu'il passait devant une ruelle où se produisait une bagarre de chats, il tourna la tête pour apercevoir deux solides matous se disputer un territoire.

Du coin de l'œil, il vit un agresseur cagoulé se précipiter vers lui en brandissant une matraque.

Bien qu'il ne fût plus un jeune homme, Higgins avait gardé une certaine souplesse grâce à la pratique des arts martiaux où l'art de l'esquive occupait une place majeure.

La matraque frôla sa tempe, l'agresseur fut emporté par son élan et faillit tomber. Au moment d'attaquer de face, il fut ébloui par les phares d'un taxi.

Déconcerté, il s'enfuit à toutes jambes.

Malgré son sens de l'observation, Higgins ne pourrait décrire qu'une silhouette noire.

— 33 —

Marlow était à la fois satisfait et atterré.

Satisfait de voir le dossier Dainton s'alourdir grâce aux témoignages des restaurateurs, atterré par l'attentat dont Higgins avait été la victime.

— Je vous place sous protection policière, décida le superintendant.

— Inutile.

— On a voulu vous tuer, Higgins !

— Peut-être un simple avertissement !

— Qui a osé commettre cette agression ?

— Forcément un ami du professeur Dainton qui voudrait bien voir cette enquête interrompue. Réaction naïve, car ma disparition aggraverait encore son cas et ne lui rendrait pas la liberté.

— Il faut donc envisager des complicités ! Dainton serait-il à la tête d'un gang ?

— Pas impossible, estima l'ex-inspecteur-chef. Le prédateur et ses rabatteurs… Une hypothèse à ne pas exclure, mais ne nous hâtons pas de conclure. On cherche peut-être à nous égarer. Reste à identifier ce « on » et à savoir s'il est effectivement lié à l'affaire Dainton. Vu le nombre d'arrestations dont je suis responsable, j'ai un certain nombre d'ennemis.

131

— Vérifions immédiatement si l'un d'eux est sorti récemment de prison.

La liste des criminels de tout poil identifiés et arrêtés par Higgins était impressionnante. Grâce à l'informatique, Marlow obtint rapidement le renseignement recherché.

— Bon sang ! s'exclama-t-il. Baldur, le fameux voleur de bijoux, a été libéré avant-hier ! À son procès, il avait promis de se venger de vous. Et je vous rappelle que c'était un as de la matraque ! Celui-là, il ne va pas rester longtemps dehors.

Marlow mit aussitôt cinq détectives sur l'affaire et leur demanda de lui ramener Baldur dans les meilleurs délais.

Le dernier rapport qu'un planton apporta au superintendant lui arracha un sourire.

— Encore un élément intéressant, Higgins ! La vendeuse d'un supermarché situé au cœur de la zone des crimes a reconnu Dough Dainton. Elle revenait de congé, et a gardé en mémoire un incident. Un client exigeait une petite bouteille de lait Lactornat et rien d'autre, parce que cette marque, d'après lui, contenait un liquide nourricier parfaitement pur, analogue au lait maternel. Elle lui a proposé divers produits, mais Dainton s'est obstiné. D'après la vendeuse, il s'est montré si menaçant qu'elle a préféré appeler le directeur du magasin. Par bonheur, on a retrouvé deux bouteilles en stock. Redevenu doux comme un agneau, Dainton les a achetées en s'excusant avec des formules alambiquées. Et voici une preuve de plus !

L'irruption de Dorothea Lambswoll brisa le bel optimisme de Scott Marlow.

— Je vous prie de sortir, maître !

— Vos sbires ont tenté de m'empêcher d'entrer, mais je les ai menacés d'inculpation à des titres divers, en commençant par entrave aux droits de la défense. La police n'est pas toute-puissante, superintendant, et le nombre de bavures impardonnables commises par Scotland Yard ne plaide pas en sa faveur. Alors, vous avez intérêt à m'écouter et à me donner satisfaction.

Marlow bouillonnait, Higgins tenta de calmer le jeu.

— Nous vous écoutons, maître.

Vêtue d'un chemisier blanc cassé, laissant apparaître un peu plus que la naissance d'une superbe poitrine, et d'un pantalon bleu pâle, la jeune femme ressemblait davantage à une actrice de cinéma qu'à un ténor du barreau. Beaucoup avaient été abusés par l'apparence.

— J'exige de prendre connaissance de la totalité de votre dossier d'accusation contre le professeur Dainton et de la nature réelle de vos preuves.

— Vous en disposerez conformément à la loi, promit le superintendant.

— Ne croyez pas m'amadouer avec ce genre de formules toutes faites ! Je connais les manœuvres dilatoires de la police et ses coups tordus. La garde à vue sera bientôt terminée, mon client n'a rien à vous dire parce qu'il est innocent.

— Comment le savez-vous ? s'étonna Higgins.

— C'est l'évidence, et je le démontrerai.

— Détiendriez-vous des informations que nous ignorons ?

— Je n'ai pas à vous répondre, et ne tentez surtout pas ce genre de manœuvres ! Sinon, vous vous en repentirez.

Dorothea Lambswoll fixa Marlow comme si elle s'apprêtait à le dévorer.

— Demain, en fin d'après-midi, je viendrai chercher le dossier Dainton. Évitez toute erreur de procédure, de rédaction et de présentation, superintendant. Et tâchez d'avoir des preuves indestructibles.

Le sourire aux lèvres, l'avocate tourna les talons.

— Si je m'écoutais, explosa Marlow, je la plongerais dans un baquet d'eau bouillante avant de l'expédier au fin fond de la lande écossaise, les chaînes aux pieds !

— Ne perdons pas notre sang-froid, recommanda Higgins, et ne cédons pas aux provocations de cette charmante personne.

On frappa à la porte du bureau.

— Si c'est encore elle, tonna le superintendant, je l'expulse !

Sur le seuil, Angota Kingsley.

— Je ne reviens pas bredouille, déclara la profileuse. Les informations que j'ai recueillies devraient vous intéresser.

— 34 —

— Première information capitale, dit Angota Kingsley, le professeur Dainton est un orphelin. Enfin, pas tout à fait ; il est le fils d'une mère porteuse, une Hollandaise installée à Londres et qui avait besoin d'argent. Dûment payée, elle comptait remettre l'enfant aux parents, un industriel et son épouse incapable de procréer à la suite d'une longue maladie. Mais ils se sont noyés lors d'une promenade en mer, et le bébé, faute de famille, a été confié aux services sociaux.

— Un début difficile, constata Marlow.

— Pourtant, il s'est plutôt bien comporté en devenant un écolier studieux, puis un élève remarquable et un étudiant brillant. À l'évidence, Dainton a comblé son manque affectif en consacrant toute son énergie aux études. Et voici la seconde information capitale : avant de se lancer dans l'histoire des religions, il a suivi, pendant trois ans, une formation de chiropracticien. Autrement dit, il connaît parfaitement l'anatomie et peut briser un cou avec une perfection scientifique !

— Encore faut-il qu'il ait continué à s'entraîner, observa Higgins.

— C'est fort probable, estima Marlow. Et le dossier d'accusation s'alourdit de manière significative !

— D'autres éléments ? demanda Higgins.

Consultant ses notes, la profileuse retraça la carrière de Dough Dainton. Il avait réussi à suivre parallèlement des études de droit, d'histoire et d'histoire des religions, témoignant d'une surprenante capacité de travail. Se contentant d'abord de postes médiocres et mal rétribués, il avait fini par creuser son trou, obtenir un statut d'assistant puis une chaire fort enviée.

— Procédons à un deuxième interrogatoire, décida Marlow. Cette fois, il faut que ce monstre craque et avoue ses crimes !

*

* *

Rasé, bien coiffé, portant beau, le professeur Dainton semblait détendu, comme s'il rencontrait des amis.

— Votre déjeuner vous a-t-il plu ? demanda Higgins.

— Médiocre, mais acceptable.

— Vous préférez sans doute ces restaurants-là, avança l'ex-inspecteur-chef en citant les établissements qu'avait fréquentés l'assassin avant de commettre ses crimes.

— De façon lapidaire, déclara-t-il avec ironie, je dirai qu'il y a à boire et à manger ! Nulle part la perfection, mais des réussites ici et là.

— Avant chaque meurtre, précisa l'ex-inspecteur-chef, vous avez fait un bon repas.

— Vous fabulez, inspecteur ! Il n'existe aucun lien entre mon goût pour la gastronomie et cette horrible série de meurtres. Puissent ces malheureuses être accueillies dans le giron du Seigneur suprême et y connaître la paix.

— Que penserait votre mère de vos actes ? demanda la profileuse d'une voix douce.

Un interminable silence s'installa.

Dainton fit le dos rond et regarda ses mains posées sur ses genoux.

— Pourquoi… Pourquoi m'a-t-elle torturé ainsi ? Aucune mère n'a le droit d'abandonner son enfant. Une mère, c'est comme un ciel étoilé, elle offre à son petit le lait céleste, elle le nourrit de sa propre substance pour qu'il puisse affronter les épreuves de l'existence. La mienne venait de Hollande, elle avait forcément la beauté des tulipes et le charme insolent d'une jeune femme brune capable de donner la vie. Un jour, je la retrouverai, et elle n'aura pas vieilli. À cause d'elle, j'ai subi de terribles injustices et j'ai dû me venger ; j'avais le droit d'agir ainsi et je n'éprouve aucun remords. Et tant que je ne l'aurai pas retrouvée, exactement comme elle doit être, je continuerai. On ne lésine pas quand il s'agit d'honorer sa mère.

Marlow frissonna.

Dainton avait prononcé la conclusion de ce discours chez le vendeur de chaussettes.

— La couleur orange vous rappelait-elle la Hollande ? demanda Higgins à mi-voix.

— Exactement, inspecteur.

— Et le lapis-lazuli le ciel étoilé, notre mère à tous ?

— Bien sûr, puisque nous survivons grâce à la vache céleste et à la voie lactée.

— Et seule la marque Lactornat propose un lait d'une pureté comparable à celle du lait maternel ?

— C'est parfaitement juste. Et ceux qui prétendent le contraire sont des menteurs.

— En recherchant votre mère, vous avez cru la reconnaître dans un certain nombre de jeunes femmes, mais la déception fut cruelle. De votre point de vue, elles vous ont trompé ; c'est pourquoi vous les avez assassinées.

Dough Dainton se redressa lentement.

En un instant, son regard se durcit et il changea de ton.

— Je ne suis pas un assassin, affirma-t-il, et vous ne détenez aucune preuve contre moi.

— Vous venez d'avouer, observa Scott Marlow.

— Absolument pas. Vous m'avez questionné sur ma mère et, dans un esprit de coopération, j'ai accepté de me confier.

— Vos études de chiropratique vous ont donné une excellente connaissance du corps humain, avança Higgins.

— En effet, reconnut le professeur.

— Avez-vous continué à pratiquer ?

— Je m'entretiens en faisant du sport et de la gymnastique. À l'occasion, je manipule un coéquipier, victime d'un faux mouvement.

— Vous savez donc briser une nuque ! intervint le superintendant.

— Ce n'est pas le but de la chiropratique, trancha Dainton. Vos insinuations sont extrêmement blessantes et si vulgaires qu'elles n'appellent même pas de réponses. Puisque vous ne croyez pas à mon innocence, je ne prononcerai plus un seul mot. Faites-moi raccompagner en cellule où je demeurerai jusqu'à ma libération.

— 35 —

À peine la porte de son bureau refermée, le superintendant se servit un verre de whisky écossais et le vida cul sec.

— J'en prendrais bien un peu, sollicita Angota Kingsley.

Marlow trouva un verre en carton et donna la bouteille
à la profileuse.

— Servez-vous.

Visiblement éprouvée, la jeune femme s'offrit une gorgée.

— Je me suis trompée, reconnut-elle. J'ai cru qu'il allait
avouer.

— L'évocation de sa mère semblait déterminante, admit
Higgins. Mais tout en perdant pied et en se laissant sub-
merger par l'émotion, Dainton n'a pas franchi les barrières
mentales qu'il a lui-même dressées. Et je ne suis pas certain
que quelqu'un parviendra à les abattre.

La profileuse ne dissimula pas son admiration.

— Remarquable analyse, inspecteur ; malheureusement,
c'est aussi ma conclusion.

— Puisque ce malade continue à nier l'évidence, décida
le superintendant, je vais l'interroger à ma manière !

— Je ne vous le conseille pas, objecta Higgins. N'oubliez
pas maître Lambswoll et le docteur Sigol.

— On ne va quand même pas relâcher ce monstre !

139

— Son dossier me paraît suffisamment fourni pour obtenir une prolongation de la garde à vue, estima Angota Kingsley.

L'un des détectives chargés d'identifier la sixième victime du tueur en série se présenta au rapport.

— Nous savons qui elle est, superintendant. Elle se nomme Patricia Hurst, âgée de trente-cinq ans.

— Profession ?

— Infirmière. Elle faisait des piqûres à domicile, dans le quartier ; c'est l'une de ses patientes qui l'a reconnue d'après la photographie affichée sur le lieu du crime. Elle m'a donné son numéro de téléphone, j'ai trouvé facilement l'adresse et je me suis rendu chez elle. Son mari est effondré. Je l'ai emmené à la morgue où il a reconnu son épouse.

— Elle était donc mariée, s'étonna Higgins. Des enfants ?

— Pas encore, à cause de son activité professionnelle. Mais elle comptait travailler à mi-temps afin d'en avoir au moins un.

— Profession du mari ?

— Magasinier.

Angota Kingsley huma l'atmosphère.

— Ne sentez-vous pas une odeur bizarre ?

— Le cigare de Babkocks, affirma Higgins.

De fait, un pas lourd résonna dans le couloir menant au bureau du superintendant, et le légiste, qui se rendait rarement au Yard, fit une entrée remarquée. La fumée aux senteurs diverses, allant du bois pourri au caramel en fusion, emplit la pièce.

— J'ai mis du temps à percer les secrets de votre protégée, expliqua-t-il, mais j'y suis arrivé. État physique médiocre, à cause de l'abus de tabac. Elle a été tuée apparemment comme les autres, mais je dis bien apparemment. On a tenté d'imiter la technique du tueur en série sur ce petit bout de femme de 45 kg sans y parvenir tout à fait. Et puis ce n'est pas une brune, mais une blonde dont le système pileux a été teint à plusieurs reprises depuis plus d'un an, avec des produits bon marché et fortement colorants qui condamnent les cheveux à disparaître. Je vous laisse tirer les conclusions et je retourne à la morgue. Encore une journée chargée. Ah, j'oubliais : elle a été tuée mardi entre 23 h et 23 h 10. Vous aurez mon rapport demain.

Marlow regretta qu'il fût impossible d'ouvrir une fenêtre. Le système d'air conditionné, auquel Higgins était résolument hostile en raison du nombre des maladies qu'il propageait, mettrait un certain temps avant d'absorber la fumée toxique et de la redistribuer dans tout l'immeuble.

— Je vous ai amené William Hurst, ajouta le détective. Le malheureux n'arrête pas de pleurer, mais vous voulez sans doute l'interroger.

Le magasinier parvint à contenir son chagrin pour répondre aux questions du superintendant. Marié depuis dix ans, il adorait sa femme, et ils travaillaient dur tous les deux pour s'acheter un petit appartement. À l'heure du crime, il travaillait de nuit avec plusieurs collègues dont il donna les noms et les adresses. Il ne connaissait aucune des cinq victimes précédentes et n'avait jamais rencontré le professeur Dainton.

Brisé, le pauvre bougre était au bord du malaise. La profileuse tint à le confier à une psychologue qui l'aiderait à surmonter sa détresse.

Le superintendant envoya chercher Dainton.

Le professeur était souriant.

— Alors, on me libère enfin ?

— Nous connaissons l'identité de votre sixième victime, Dainton : l'infirmière Patricia Hurst.

— Inconnue au bataillon, comme on dit vulgairement.

— Où vous trouviez-vous mardi dernier, vers 23 h ? Seul chez vous, je suppose ?

— Eh bien non, figurez-vous !

— Vous auriez donc un alibi… Lequel ?

— Ce soir-là, je suis arrivé vers 21 h chez mon ami Philipp Sellos, professeur de français. Il avait invité deux de ses relations, Laurel Fubias, patron d'une entreprise de ramonage, et Frank Bairos, un garagiste. Après un dîner moyen, nous avons joué au bridge. À une heure du matin, Fubias a regardé sa montre pour nous dire qu'il nous quitterait à une heure trente au plus tard et que nous devions mettre un terme à ce divertissement, ce qui fut fait.

— Vous avez inventé tous ces personnages, Dainton !

— Pour qui me prenez-vous, superintendant ? Je suis un universitaire sérieux, pas un romancier ; si ça vous amuse, vérifiez. Et cessez de m'accuser de crimes que je n'ai pas commis. De plus, en raison de certains troubles consécutifs aux conditions de détention, j'aimerais consulter la doctoresse Sigol afin qu'elle me procure un soutien psychologique. Si vous refusez, je porterai plainte pour harcèlement moral.

— 36 —

– Le professeur Dainton est profondément déprimé, affirma la doctoresse Sigol. Vos attaques psychiques répétées sont d'une telle violence qu'il ne pourra plus y résister très longtemps et tombera gravement malade.

– Les charges retenues contre lui…

– Je m'en moque, superintendant ! Moi, je m'occupe d'un être humain en pleine détresse, au bord de l'abîme ! S'il y tombe, je vous considérerai comme personnellement responsable ; à partir de cet instant, je vous interdis de continuer à le harceler. Je vais lui donner un traitement qui calmera un peu ses souffrances, mais ce patient doit être hospitalisé au plus vite.

– Pour le moment, impossible !

Une nouvelle fois, l'avocate Dorothea Lambswoll força la porte du bureau de Scott Marlow.

Les deux femmes se saluèrent chaleureusement.

– Alors, ce dossier complet sur l'affaire Dainton ? demanda l'avocate.

– J'ai demandé une prolongation de la garde à vue.

– Je sais, superintendant, et je condamne cette procédure. C'est pourquoi je suis intervenue en haut lieu afin que vous n'ayez aucune chance de l'obtenir. La menace d'une campagne de presse bien ciblée fait toujours son petit effet, et s'opposer aux droits de la défense vous coûtera votre poste.

— Comme je l'expliquais à la doctoresse Sigol, les charges retenues contre le professeur Dainton sont extrêmement lourdes.

— D'après mon dernier examen, affirma la psychiatre, Dough Dainton a subi de graves contraintes et aucun aveu, même partiel, ne pourra être retenu contre lui.

— Acceptez-vous ou non de me communiquer les éléments à la base de vos accusations ? insista l'avocate.

— Les voici, maître. Et vous serez bien obligée de reconnaître la culpabilité de ce monstre.

— Monstre ! s'exclama la psychiatre. Voici comment la police qualifie un prévenu en utilisant un vocabulaire absurde.

— Je vais immédiatement étudier ce dossier, promit l'avocate. J'espère pour vous qu'il est plus solide que le granit.

Malgré son expérience et sa capacité de résistance, Scott Marlow eut un coup de mou et termina sa bouteille de whisky écossais.

*

* *

— Professeur Philipp Sellos ?

— C'est bien moi, Monsieur…

— Inspecteur Higgins, Scotland Yard. J'ai besoin de votre témoignage.

— À propos de quoi ?

— Un meurtre.

— Vous plaisantez, j'espère ?

— Malheureusement non.

— Bon… Entrez.

Le professeur Sellos habitait un assez vaste appartement dans un quartier populaire de la banlieue nord de Londres.

Aux murs, du papier peint banal ; mobilier ordinaire, confort acceptable. Sans rouler sur l'or, l'enseignant d'une cinquantaine d'années ne manquait de rien. La tête carrée, les cheveux coupés en brosse, il avait une voix rauque et semblait plutôt nerveux.

— Autant vous prévenir tout de suite, inspecteur, je n'apprécie guère la police. Ses méthodes sont souvent déplorables, et elle compte de plus en plus de brebis galeuses.

— Si vous avez raison, c'est fort regrettable.

— Ah… Vous partagez mon avis ?

— Je n'irai pas jusque-là, mais il faut bien admettre que nulle institution humaine n'est parfaite.

— Ne tournez pas autour du pot ! Si vous avez quelque chose à me reprocher, dites-le immédiatement.

— J'aimerais connaître votre emploi du temps, mardi dernier, à partir de 20 h.

— Suis-je contraint de vous répondre ?

— Formellement, non. Mais si vous refusez ou si vous mentez, vous risquez d'être accusé de complicité de meurtre.

— Ça… Ça serait trop fort ! Je n'ai jamais commis le moindre délit, moi !

— En ce cas, répondez à ma question.

Ébranlé, Philipp Sellos courut à son réfrigérateur, en sortit une grande bouteille de lait Lactornat et s'en servit un grand verre.

— Votre marque préférée ? demanda Higgins.

— La plus naturelle, d'après un ami.

— Le professeur Dough Dainton, je présume ?

— En effet, mais comment…

— Si nous revenions à la soirée de mardi dernier, professeur Sellos ?

145

— Justement, j'avais invité Dainton et deux autres amis pour faire un bridge.

— Leurs noms ?

— Laurel Fubias, un spécialiste du ramonage, et Frank Bairos, un garagiste. Des bridgeurs de première force, je vous le garantis ! Nous avons dîné rapidement, vers vingt heures trente, après l'apéritif, et puis nous avons commencé à jouer.

— Jusqu'à quelle heure ?

— Une heure trente du matin. Fubias nous avait fixés cette limite-là. Rassurez-vous, inspecteur, nous n'avons pas misé le moindre penny ! Seule la technique et la tactique nous intéressent ; je précise que je faisais équipe avec Dainton et que nous avons perdu.

— Le professeur Dough Dainton n'a donc pas quitté votre appartement entre mardi, 20 h, et mercredi, 1 h 30 du matin ?

— En effet, inspecteur.

— Voici une proposition honnête, professeur Sellos : oublions cette version officielle, et dites-moi la vérité.

— 37 —

Philipp Sellos faillit s'étrangler et vida son verre de lait.

— Que signifient ces insinuations, inspecteur ? La vérité, je viens de vous la dire ! Et pourquoi vous en prenez-vous au professeur Dainton ? C'est un as dans son domaine, il bénéficie d'une excellente réputation.

— Le fréquentez-vous depuis longtemps ?

— Une bonne dizaine d'années. On s'est rencontré dans un petit club de rugby, et chacun se félicitait de sa spécialité : après le match, il nous remettait les cervicales en place. Un peu distant, mais un excellent camarade.

— Organisez-vous souvent des parties de bridge avec vos amis ?

— Au moins une fois par mois.

— Le professeur Dainton est-il toujours présent ?

— Toujours.

— Connaissez-vous une jeune femme nommée Patricia Hurst ?

— Une enseignante ?

— Non, une infirmière.

— Patricia Hurst, infirmière… Non, je ne la connais pas.

— En toute sincérité, professeur Sellos, que pensez-vous de Dough Dainton ?

147

— Un homme assez distant, je le répète, peu expansif, qui gagne à être connu. Comme moi, il est opposé à tout conservatisme et prône les idées nouvelles.

— Et sa vie sentimentale ?

— Il n'en parle jamais.

— Vous ignorez donc s'il apprécie les femmes.

— Cela ne me regarde pas, inspecteur.

— Vous a-t-il parlé de sa mère ?

— Non, jamais.

— Au fond, vous ne savez rien de lui.

Philipp Sellos parut troublé.

— Ce n'est pas faux.

— Vous n'êtes pas curieux de nature, professeur.

— Entre joueurs, on s'intéresse surtout au jeu ! En plus, le bridge exige le silence. Si l'on perd sa concentration, on est fichu.

Higgins présenta au professeur de français la liste des cinq premières victimes de Dainton.

— Connaissez-vous l'une de ces femmes ?

Sellos prit son temps.

— Non, aucune.

Nerveux, l'enseignant releva les jambes de son pantalon. Il portait des chaussettes orange.

— Aimez-vous les vêtements... inhabituels ? demanda Higgins.

— Je ne suis pas opposé à quelques excentricités, mais sans excès.

— La couleur de vos chaussettes n'a rien de banal.

— Ah, c'est un petit cadeau offert par Dainton à la suite de notre dernière défaite ! Se sentant responsable de l'échec, il a voulu se faire pardonner avec humour : « Jamais tu n'oseras les porter », a-t-il présumé. Et je lui ai prouvé le

148

contraire. La couleur mise à part, ces chaussettes sont très confortables ! Une qualité supérieure, c'est certain.

— Votre ami Dainton vous a-t-il fait d'autres cadeaux ?

— Non, je ne crois pas.

— Pas de pierres précieuses, de fleurs artificielles ou de mouchoirs brodés ?

— Certainement pas ! Je m'en souviendrais.

— Ayez l'obligeance de me donner les adresses professionnelles et privées de Laurel Fubias et Frank Bairos.

Le professeur devint suspicieux.

— Puisque vous aviez la mienne, vous connaissez certainement les leurs.

— En effet. Simple vérification.

Aucun des trois partenaires de bridge de Dough Dainton n'habitait la zone où avaient été commis les six assassinats.

— Dites-moi, inspecteur, que reprochez-vous précisément à mon ami Dainton ?

— D'être un assassin.

— C'est du délire !

— Les charges retenues contre lui sont beaucoup plus sérieuses que vous ne semblez l'imaginer.

— Il s'agit forcément d'une terrible méprise ! Une enquête approfondie le lavera forcément de tout soupçon.

— Scotland Yard envisage plutôt le résultat inverse, indiqua Higgins. C'est pourquoi je vous repose la question : êtes-vous bien certain que Dough Dainton se trouvait chez vous, mardi dernier, à partir de 20 h et jusqu'à 1 h 30 ?

— Tout à fait certain. Et nos deux partenaires de bridge vous le confirmeront.

— Êtes-vous conscient de l'importance de votre témoignage, professeur Sellos ?

— Pleinement conscient. Si vous n'avez pas d'autres questions à me poser, j'aimerais disposer de mon temps.

149

— Vous êtes libre, professeur. Ah... Un dernier détail : êtes-vous un célibataire endurci ?

— Divorcé deux fois, deux pensions alimentaires et trois enfants.

— Sans doute à bientôt.

— 38 —

Situé dans Chiswell Street, non loin de l'église St-Bartho-
lomew the Great, le garage de Frank Bairos était un bel
établissement consacré à l'entretien et à la réparation de
véhicules haut de gamme.

Un chef d'atelier en blouse blanche immaculée accueillit
Higgins.

— Puis-je vous aider, monsieur ?

— Scotland Yard. J'aimerais voir votre patron, Mr. Bairos.

— Suivez-moi, je vous conduis jusqu'à son bureau.

Bairos occupait un vaste espace ultra-moderne, peuplé
d'ordinateurs et d'écrans de contrôle. La pipe au bec, calé
dans un fauteuil de cuir à roulettes, il consultait des documents comptables.

Le chef d'atelier frappa à la porte vitrée.

Bairos lui fit signe d'entrer.

— La police, patron. Je vous laisse.

Le garagiste posa son dossier sur un bureau en acajou.

— Inspecteur Higgins. Pouvez-vous m'accorder quelques
minutes ?

— Vous n'appartenez pas aux services fiscaux, c'est
sûr ?

— Certain, monsieur Bairos.

151

— Alors, tout va bien ! Si vous saviez comme ils me cherchent des poux dans la tête ! Par moments, j'ai envie de les étrangler. Qu'est-ce qui vous amène, inspecteur ?

Higgins nota la présence de plusieurs photographies montrant Frank Bairos en compagnie d'une jolie femme rousse et de six enfants, quatre filles et deux garçons.

— Vous avez une grande et belle famille.

— Ma fierté, inspecteur ! Il faut nourrir tout ce petit monde et leur façonner un bel avenir professionnel, mais je suis le plus comblé des pères. Dites-moi… Vous n'êtes pas porteur d'une mauvaise nouvelle ?

— Nullement, rassurez-vous.

— Ouf, vous m'avez fait peur ! Et ça me donne soif.

Du frigo dissimulé dans la partie basse d'un meuble de rangement, le garagiste sortit une grande bouteille de lait Lactornat.

— Ça me calme les brûlures d'estomac. Vous en voulez ?

— Non, sans façon. Lactornat est votre marque préférée ?

— C'est mon ami Sellos, un professeur de français, qui me l'a conseillée. Elle ne contient pas trop de polluants chimiques, paraît-il ; en tout cas, ce produit-là me réussit.

— Je désirais précisément vous parler du professeur Sellos. L'avez-vous rencontré récemment ?

— Ah oui, mardi dernier, dans la soirée ! Il m'avait invité à jouer au bridge avec deux autres amateurs, Dough Dainton, une grosse tête de l'université, et mon partenaire préféré, Laurel Fubias, un as du ramonage. Lui aussi se bagarre avec l'administration, mais c'est un obstiné qui ne lâche pas prise ! Et quand on a le bon droit pour soi, il faut se battre !

— Avez-vous dîné ensemble ?

— En vitesse et sans chichi. L'important, c'était la partie ; et nous avons gagné, Fubias et moi ! La tactique, ça nous connaît.

— À quelle heure vous êtes-vous séparés ?

— À une heure trente précise, la limite imposée par Fubias. Il avait un chantier urgent le lendemain.

Une goutte de sueur perla au front du garagiste. De la pochette de sa veste de laine, il sortit un superbe mouchoir de lin et s'essuya.

— Fort bel objet, nota Higgins.

— C'est Dainton qui me l'a offert pour me féliciter d'une belle victoire au bridge, il y a deux mois. Ça a de la gueule, mais ce n'est pas ma tasse de thé ; moi, je préfère les mouchoirs en papier.

— Vous ne collectionnez pas les pierres précieuses, monsieur Bairos ?

— Ce n'est pas mon style !

— Et vous n'appréciez pas les fleurs artificielles ni les chaussettes orange, je suppose ?

Le garagiste parut fort surpris.

— Non, en effet. C'est ça que vous vouliez savoir ?

— Connaissez-vous une infirmière nommée Patricia Hurst ?

Bairos réfléchit.

— Non.

— L'un de ces noms vous serait-il plus familier ? demanda Higgins en soumettant au garagiste la liste des victimes de Dainton.

Le doigt de Frank Bairos passa lentement d'un nom à l'autre.

— Pas davantage. Qui sont toutes ces femmes ?

— Les victimes d'un tueur en série.

Le visage du garagiste devint soucieux.

— Le bonhomme dont parle la presse à scandale ?

— Possible.

— En quoi ça me concerne, moi ?

153

— Rassurez-vous, vous n'êtes nullement soupçonné. Mais votre cas s'aggraverait si vous vous rendiez coupable d'un faux témoignage.

— Faux témoignage ! Mais lequel ?

— Vous confirmez bien la présence du professeur Dainton à la table de bridge de votre ami Sellos, mardi dernier, de 20 h à 1 h 30 ?

— Je la confirme ! Demandez donc à Sellos et à Fubias ! Mais alors... Mais alors... Vous soupçonnez Dough Dainton ?

— Que savez-vous de lui, excepté son goût pour le bridge ?

— À dire vrai et à la réflexion, presque rien ; c'est un homme discret qui ne se répand pas en confidences. J'ai dû lui poser quelques questions sur sa vie familiale, mais il est demeuré évasif. Lors des dîners, avant les parties de bridge, Fubias et moi animions la conversation. Dainton se contentait d'approuver notre combat contre l'oppression administrative. Dainton, un monstre... Impensable !

— 39 —

Aménagé au fond d'une impasse de Whitechapel, quartier des sinistres exploits de Jack l'Éventreur, les bureaux de l'entreprise de ramonage Fubias ne payaient pas de mine et semblaient appartenir à une époque révolue. Façade lépreuse, petites fenêtres poussiéreuses, porte en bois à bout de souffle.

Mais l'apparence était trompeuse. À l'intérieur, la rationalité moderne régnait en souveraine absolue : pas un mètre carré de perdu, des espaces de travail fonctionnels et une informatique de pointe.

Une charmante secrétaire vint à la rencontre du nouveau client.

— Ravie de vous accueillir, cher monsieur. Particulier ou entreprise ?

— Scotland Yard. J'aimerais voir Mr. Fubias.

— Ah… Désolée. Il est en rendez-vous à l'extérieur.

— Quand sera-t-il de retour ?

— Au plus tard dans une heure. Il a rendez-vous avec un fournisseur.

— Je patienterai donc.

— Je vais vous installer dans son bureau, vous y trouverez la presse et une brochure sur notre entreprise, l'une des plus performantes de Londres. Quels que soient la taille et l'âge de votre cheminée, nous vous garantissons un service impeccable.

L'antre de Laurel Fubias ressemblait au salon confortable d'un appartement victorien. Mobilier en bois des îles, fauteuils de cuir à haut dossier, moquette de laine beige.

Sur une table basse, quelques jolis spécimens de pierres semi-précieuses, dont un petit bloc de lapis-lazuli.

Et dans des vases en verre dépoli, des fleurs artificielles : dahlias, œillets et roses.

La secrétaire réapparut, porteuse d'un plateau.

— Voici de l'excellent thé, inspecteur. Mr. Fubias a choisi un Darjeeling soigneusement sélectionné.

Comment Higgins aurait-il pu avouer un vice inexcusable ? Il était le seul sujet de Sa Majesté à ne pas supporter la boisson nationale et, par une succession d'astuces et de miracles, avait réussi à préserver ce lourd secret. Cette fois encore, grâce à la présence des vases, il pourrait se débarrasser de ce breuvage.

La brochure exposait la naissance, le développement et les multiples services rendus par l'entreprise Fubias. Et le portrait du patron, un moustachu corpulent visiblement très satisfait de sa réussite, figurait une bonne dizaine de fois. Une vieille photo le montrait en catcheur, tordant le cou de son adversaire.

Ainsi Higgins n'éprouva-t-il aucune difficulté à le reconnaître quand il pénétra en trombe dans son bureau.

— Alors, vous êtes Scotland Yard !

— Inspecteur Higgins.

— Restez assis, mon vieux ! Entre nous, pas de formalités. Je vous préviens, j'ai une journée de fou et je suis terriblement pressé. Dans dix minutes, je reçois un crétin qui tente de m'escroquer. Moi, je vais lui parler du pays ! Dites-moi ce qui vous tracasse, et on résout le problème.

156

— Vous appréciez les pierres semi-précieuses, dirait-on ?

— Ça ? C'est du toc ! Comme les fleurs en soie. Les visiteurs sont éblouis, croyant que j'investis dans la décoration et que je me fais livrer des fleurs fraîches chaque matin. Ça détend l'atmosphère. Les fausses pierres précieuses, on m'en pique au moins une fois par semaine ! Vous imaginez la tête du voleur, quand il s'aperçoit que son petit trésor lui déteint entre les doigts ! Moi, ça m'amuse. Un de ces médiocres aurait-il porté plainte pour trompe-l'œil ?

Laurel Fubias fut pris d'un fou rire et se laissa tomber dans son fauteuil directorial.

— Où vous trouviez-vous mardi soir dernier ? demanda Higgins d'une voix posée.

— Ça vous regarde ?

— Je crains que oui, monsieur Fubias.

— Je jouais au bridge avec des amis.

— Puis-je connaître leurs noms ?

— C'est vraiment nécessaire ?

— Je le crains également. En quoi cela vous gêne-t-il ?

L'entrepreneur se gratta la moustache.

— En rien… Philipp Sellos, un professeur de français, m'invite régulièrement, en compagnie d'un autre prof, Dough Dainton, et de mon vieil ami le garagiste Frank Bairos. On dîne en vitesse vers vingt heures, puis on attaque.

— Jouez-vous de l'argent ?

— Jamais. L'argent est trop dur à gagner pour être joué.

— Mardi, à quelle heure la partie s'est-elle terminée ?

— À 1 h 30 pile, comme je l'avais exigé. À 5 h, je devais me rendre sur un énorme chantier : dix cheminées d'usine à nettoyer, et sans traîner des pieds. J'ai animé mon équipe et on a réussi du bon boulot.

— À aucun moment, le professeur Dainton n'a quitté la table de jeu ?

— Vous rigolez, inspecteur ? Le bridge, c'est du sérieux !
Et même celui qui fait le mort doit rester concentré et
s'intéresser au jeu.

— Qui a gagné ?

— Bairos et moi. Ce soir-là, on a déployé une stratégie
d'enfer, et les deux profs ont dû baisser pavillon.

— Êtes-vous marié, monsieur Fubias ?

— Sûrement pas ! Le fil à la patte, très peu pour moi. J'ai
l'humeur changeante et vagabonde, si vous voyez ce que je
veux dire. Et je ne suis pas raciste : toutes les couleurs me
conviennent.

— Est-ce également le cas du professeur Dainton ?

L'entrepreneur parut troublé.

— Je n'en sais rien. Ce n'est pas un type bavard, et je ne
sais même pas s'il est marié ou célibataire. On a pris l'habitude de ne pas lui poser de questions, puisqu'il n'y répond
pas. Drôle de bonhomme, plutôt distant et prétentieux,
mais un bon bridgeur ; au fond, c'est tout ce qu'on lui
demandait. Bairos et moi, on assurait la partie rigolade
pendant le dîner. Ensuite, on passait au sérieux.

La secrétaire avertit son patron que son rendez-vous
venait d'arriver.

— Ce sera tout, inspecteur ? Comme je vous le disais, je
suis sur les dents.

— Pour le moment, oui.

— 40 —

— L'alibi de Dough Dainton semble indestructible, dit Higgins à Marlow et à la profileuse Angota Kingsley. J'ai rencontré ses trois partenaires de bridge, et ils donnent tous la même version, avec les mêmes précisions horaires. J'ai noté des détails qu'il sera aisé de vérifier.

— Ces trois bonshommes ne seraient-ils pas des malfrats payés par Dainton ? demanda le superintendant.

— Je ne le pense pas. Et ils ne savent presque rien de Dainton, discret et distant.

— Autrement dit, conclut Marlow, nous ne pouvons pas l'accuser du crime de l'infirmière Patricia Hurst.

— J'ai tenté de converser avec lui, précisa la profileuse, mais il a refusé de répondre à mes questions, même les plus anodines. Une forteresse infranchissable et, contrairement à ce que prétend la psychiatre, pas la moindre fragilité psychique ! Comme je le supposais, il se sent hors d'atteinte.

— L'ordinateur de Dainton ne contenait rien d'intéressant, déplora Marlow.

Des cris retentirent dans le couloir. Une voix grave, passablement alcoolisée, insultait Scotland Yard et même la monarchie.

La porte du bureau s'ouvrit.

Quatre policiers tenaient fermement un gaillard menotté qui cessa d'éructer en découvrant Higgins.

— Notre ami Baldur ! s'exclama Marlow. Je ne suis pas ravi de te revoir, mais je suis certain que tu as beaucoup de choses intéressantes à nous raconter.

— Cette bande de brutes m'a arrêté dans un bar où je dégustais tranquillement un verre de gin.

— Cet individu a démoli trois clients dont la tête ne lui revenait pas, expliqua un gradé. Le patron a appelé la police, car il menaçait de tout casser. Il n'a pas fallu moins de cinq hommes pour le maîtriser. Comme il ne cessait de hurler « On ne touche pas à Baldur », j'ai pensé à l'avis de recherche et je vous l'ai amené.

— Excellente initiative ! Attachez-le fermement sur une chaise.

— Je suis innocent ! affirma le suspect. Faites disparaître l'inspecteur Higgins, sinon il va trouver une preuve pour me renvoyer en prison.

— Aurais-tu quelque chose à te reprocher, mon gaillard ?

— Rien du tout ! J'ai fait mon temps et je veux qu'on me laisse tranquille.

— Ça ne tient qu'à toi et à ta bonne conduite. Mais vois-tu, l'inspecteur Higgins et moi-même avons quelques doutes ; alors, tu vas les dissiper.

Baldur tenta de se lever. Au prix d'un bel effort collectif, les policiers le contraignirent à rester assis.

— Ne nous complique pas la tâche, recommanda Marlow, et discutons entre gentlemen.

Baldur évita de croiser le regard de l'ex-inspecteur-chef.

— Écoutez, superintendant, j'ai purgé ma peine et j'ai l'intention de mener l'existence paisible d'un parfait honnête homme. Pourquoi me tomber dessus comme si j'avais tenté de tuer quelqu'un ?

— On va justement éclaircir ce point-là ! Bagarre dans un bar, coups et blessures, trouble à l'ordre public, tu appelles ça un comportement paisible ?

— Il faut me comprendre, superintendant. Quand un prisonnier retrouve la liberté, il n'a que deux idées en tête : l'alcool et les femmes. Je n'ai pas fait exception à la règle. Évidemment, j'ai peut-être abusé ; la fille, je l'ai croisée dans le quatrième bar.

— Bien entendu, tu ignores son nom.

— Je ne me souviens même plus de son visage et je serais incapable de la reconnaître ! Il faut avouer que nous n'avions pas l'intention de nous revoir. Et puis j'étais sacrément parti… Entre les tournées, je reprenais l'air frais dans les rues, celui de la liberté ! Et ça me redonnait soif.

— Tu ne peux donc pas préciser le détail de tes pérégrinations.

— Ce n'est pas de la mauvaise volonté, superintendant, mais je me souviens à peine de ce que j'ai fait il y a une heure. J'ai bu, c'est sûr, mais quoi…

— Tu n'aimais pas beaucoup l'inspecteur Higgins, me semble-t-il.

— Il m'a quand même envoyé en prison… Mais je suis d'un tempérament à pardonner.

— À la fin de ton procès, tu as quand même promis de l'étrangler.

— Un mot comme un autre… Dans ces moments-là, on dit n'importe quoi.

— Et s'il fallait te prendre au sérieux ?

— Une lourde condamnation, ça vous change un homme. Moi, je n'ai jamais tué personne.

— Pendant ces longues années de détention, la rancune a pu s'accumuler. La vengeance n'est-elle pas un plat qui se mange froid ?

— Oh, les proverbes ! Ce n'est pas ma tasse de thé.

— Tu n'avais qu'une seule vraie idée en tête, affirma Scott Marlow : assassiner l'inspecteur Higgins et assouvir ainsi le désir de vengeance qui te rongeait. Heureusement pour lui, il a réussi à t'échapper.

Baldur devint livide.

— Vous... Vous plaisantez !

— Pas du tout, mon gaillard. Et tu ferais mieux d'avouer tout de suite.

— Mais je n'ai rien fait, moi ! Assassiner l'inspecteur Higgins... Il faudrait être complètement fou !

Baldur tourna la tête vers Higgins.

— Dites-le lui, inspecteur, que je ne vous ai pas agressé ! Ce n'est pas moi, vous le savez forcément !

L'ex-inspecteur-chef se contenta de prendre des notes sur son carnet.

— Tu persistes donc à nier les faits, conclut le superintendant.

— Plutôt cent fois qu'une !

— On va te garder un peu au frais, Baldur. Quand les vapeurs de l'alcool se seront dissipées, tu retrouveras certainement la mémoire.

— 41 —

À peine Baldur, encore plus vociférant qu'à son arrivée, était-il évacué par la cohorte de policiers, que l'avocate Dorothea Lambswoll fit irruption dans le bureau du superintendant, en compagnie de la psychiatre Martina Sigol.

— Je viens de croiser un malheureux qui clame son innocence, observa-t-elle.

— Un délinquant récidiviste, précisa Marlow.

— Sans doute a-t-il été mal défendu ! Ce ne sera pas le cas du professeur Dainton, surtout avec un dossier d'accusation aussi risible et le manque évident de preuves.

— N'exagérez pas, maître !

— Scotland Yard a fait fausse route, une fois de plus, et sera bien obligé de le reconnaître. Mon client a-t-il fait de nouvelles déclarations qui n'auraient pas été portées à ma connaissance ?

— Aucune.

— J'espère que vous ne l'avez pas soumis à un nouvel interrogatoire, intervint la psychiatre. Son état physique et mental lui interdit de subir ce genre d'épreuve.

— Rassurez-vous, le professeur Dainton est parfaitement traité.

— J'en doute, superintendant !

— Nous sommes en présence d'un tueur en série, rappela le superintendant, irrité.

— Certainement pas, objecta l'avocate. Vos a priori vous aveuglent.

— Les objets découverts dans sa cave ne vous suffisent-ils pas ? intervint Higgins.

— Pourquoi dites-vous sa cave ? s'étonna Dorothea Lambswoll. Rien ne prouve qu'elle lui appartient. Et quand bien même, cela ne ferait pas de lui un assassin ! Il s'y est rendu récemment, et alors ? Voir débarquer chez lui une armada de Scotland Yard l'a effrayé, il a tenté de se réfugier dans un endroit sûr, puis a préféré affronter l'injustice en face.

— Ne pensez-vous pas qu'il est descendu à sa cave pour y cacher les indices qui l'accusaient de manière formelle ?

— Pas du tout, inspecteur ! Ne comprenez-vous pas qu'on a déposé ces objets dans cette cave pour nuire au professeur Dainton ? Ainsi, vous teniez votre coupable, et le véritable assassin pouvait dormir tranquille ! Et puis je n'ai vu nulle part un rapport scientifique affirmant que mon client a touché ces objets. Pas la moindre empreinte ! De plus, il manque les bouteilles de lait Lactornat. Et la manipulation n'en est que plus avérée.

— Dainton achetait le lait au dernier moment, précisa Higgins. Une vendeuse l'a reconnu.

— Témoignage sans intérêt, jugea l'avocate. Cette femme a sans doute été influencée par l'enquêteur et, même si elle ne se trompe pas, quelle importance ? Il y a des milliers d'acheteurs de cette marque de lait ! En faire partie ne signifie pas que le professeur Dainton est un criminel.

— On voit à quel point l'enquête est orientée, souligna la psychiatre. Quantité de gens ont si peur de la police qu'ils racontent n'importe quoi. Cette vendeuse ne revenait-elle pas de vacances rendues nécessaires par un état dépressif, à la suite d'une surcharge de travail imposée par son patron ? En identifiant un suspect, elle se valorisait à ses propres yeux.

— Avant chaque meurtre, rappela Higgins, Dough Dainton a dîné dans un bon restaurant, non loin de l'endroit où il a exécuté sa victime.

— Pure coïncidence, estima l'avocate. Vous établirez de manière arbitraire des liens entre des faits qui n'ont aucun rapport entre eux.

— L'accumulation des faits et des indices ne saurait relever du hasard, maître.

— On a vu bien pire, inspecteur ! Les dossiers d'erreurs judiciaires sont remplis de coïncidences encore plus nombreuses. La vérité est simple : incapable de mettre la main sur un éventuel tueur en série, vous avez arrêté n'importe qui et fabriqué une accusation sans fondements réels. Et voilà une atroce réalité qui vous saute au visage : une sixième victime, Patricia Hurst, assassinée selon le rituel macabre pratiqué par le véritable coupable ! Cette fois, grâce au ciel, le professeur Dainton dispose d'un alibi en béton armé. Nous savons avec certitude qu'il n'a pas pu assassiner cette infirmière. Par conséquent, pourquoi serait-il considéré comme l'auteur des cinq premiers meurtres ? Bien sûr, vous allez essayer de faire revenir sur leurs dépositions les trois témoins qui innocentent mon client. Mais je les ai fait mettre en garde contre les provocations policières, et ils porteront plainte à la moindre tentative d'intimidation ou de harcèlement.

— Vous oubliez, maître, que cette sixième victime n'était pas une brune et était plus âgée que les cinq autres femmes.

— Qu'elle ne corresponde pas à vos critères mentaux arbitraires ne change rien aux faits, souligna la psychiatre. À cause de votre profileuse inexpérimentée et incompétente, vous vous êtes égaré sur une mauvaise piste.

Angota Kingsley fulminait, mais elle parvint à se contenir, sentant que ces deux harpies sauraient utiliser sa réaction.

— L'examen de ce dossier complètement vide m'amène donc à demander la libération immédiate du professeur Dainton, assena l'avocate.

Le superintendant s'accrocha à son fauteuil.

— Vous n'y pensez pas, maître !

— J'ai déjà entamé la procédure en ce sens. Vu l'inanité de votre montage, je crois qu'elle aboutira rapidement.

— Il existe un moyen simple de prouver la culpabilité de Dainton, avança Higgins.

Les yeux de l'avocate et de la psychiatre fusillèrent l'ex-inspecteur-chef.

— Quel lapin comptez-vous sortir de votre chapeau ? demanda Dorothea Lambswoll.

— C'est bien d'un chapeau dont il s'agit, et de lunettes noires. Nous emmènerons Dainton ainsi déguisé chez les commerçants auxquels il a acheté les objets déposés sur les cadavres. Il prononcera les phrases citées par ces témoins majeurs, et ils l'identifieront.

— Je m'oppose formellement à cette démarche, déclara la psychiatre. Elle déstabiliserait gravement mon patient et risquerait de le faire sombrer dans une profonde dépression.

— Je m'y oppose également, appuya l'avocate. Cette simagrée serait une atteinte à la dignité de la personne, et ces commerçants voudraient forcément briller en accusant à tort un innocent.

Higgins regarda tour à tour les deux femmes.

— Pourquoi tenez-vous tant à faire libérer un assassin ?

— Je préfère oublier ce genre de propos, dit l'avocate, ulcérée.

— Moi, protesta la psychiatre, je ne les oublierai pas ! Et je vous ferai comparaître devant une commission de discipline pour injure au corps médical.

— Dainton est un tueur en série, intervint Angota Kingsley, outrée. S'il est libéré, il continuera à tuer !

— Vous, ma petite, lui lança Martina Sigol, restez à votre place ! Vous avez fait assez de bêtises comme ça.

— Nous n'avons plus rien à nous dire, conclut Dorothea Lambswoll, impériale. La doctoresse Sigol et moi-même sommes fières d'avoir évité une nouvelle erreur judiciaire.

— 42 —

La profileuse Angota Kingsley était effondrée.

— Libérer Dainton... C'est impensable !

— Malheureusement non, constata Higgins. Les arguments de l'avocate et de la psychiatre ne manquent pas de poids, et leurs relations dans le monde judiciaire leur permettront sans doute d'obtenir ce qu'elles désirent.

— Mais Dainton va recommencer ! Il tuera de nouveau et, cette fois, il ne laissera peut-être aucune trace derrière lui !

— Pourquoi ces deux pestes cherchent-elles à faire libérer ce monstre ? interrogea Scott Marlow. On jurerait qu'elles mènent une croisade personnelle !

— C'est exactement mon impression, confirma Higgins. Certes, elles profitent de cette affaire exceptionnelle pour accroître leur notoriété et conforter leur carrière ; néanmoins, leur acharnement m'étonne. Elles s'investissent d'une manière anormale, avec une passion et une précipitation suspectes.

— Suspectes ? releva la profileuse. Que sous-entendez-vous, inspecteur ?

— Les cinq premiers crimes ont bien été commis par Dough Dainton, affirma Higgins, mais probablement pas le sixième.

— Croyez-vous aux déclarations des amis de Dainton qui lui fournissent un alibi en béton ? s'étonna le superintendant.

— Nous allons tenter de le détruire, mais ce ne sera pas facile. Leurs déclarations sont concordantes, ils paraissent sûrs d'eux-mêmes et peu influençables.

— Si ces trois gaillards ont dit la vérité, avança Marlow, Dainton n'a donc pas assassiné l'infirmière Patricia Hurst ! L'avocate et la psychiatre en tirent un argument décisif pour le disculper des autres crimes et en faire une victime de la persécution policière. Mais alors… Il y aurait un autre assassin !

— Un autre assassin, répéta la profileuse. Est-il ou non relié à Dough Dainton ? Forcément, puisqu'il utilise la même méthode et dépose les mêmes objets sur le cadavre de sa victime !

— Et voilà qu'entrent en scène l'avocate Dorothea Lambswoll et la psychiatre Martina Sigol, comme si elles avaient prévu l'événement.

— Higgins, vous ne supposeriez quand même pas… marmonna Marlow.

— J'aimerais en savoir beaucoup plus sur cette avocate et cette psychiatre, tellement unies dans l'action.

Le superintendant s'épongea le front.

— L'une et l'autre sont spécialisées dans la défense acharnées des criminels, rappela-t-il. De là à imaginer le pire…

— Nous devons cependant l'imaginer.

— Une enquête sur ces deux harpies ! Jamais le grand patron ne nous le permettra. Si nous mettons le doigt dans cet engrenage-là, nous serons broyés.

— Vu mon statut d'ex-inspecteur-chef, estima Higgins, je ne risque rien. Mais ni vous ni Mlle Kingsley ne devez apparaître. J'utiliserai mon réseau personnel pour obtenir des informations sur l'avocate et la psychiatre, de manière à ne pas impliquer le Yard et sans faire de vagues. Et vous n'interviendrez qu'au moment où j'obtiendrai des preuves, si elles existent.

L'affaire Dainton tournait au cauchemar.

Déjà six victimes, un tueur en série qui serait bientôt libéré, de nouveaux meurtres en perspective, une avocate et une psychiatre célèbres et vindicatives liées à un crime atroce… Marlow, qui avait pris la décision de réduire un peu sa consommation de whisky, ne se sentit plus la force de s'imposer une telle ascèse. Il lui faudrait tenir bon dans la tempête qui s'annonçait.

— Je suis complètement déboussolée, avoua la profileuse. Je dois rentrer chez moi pour nourrir mes chats, mais je ne me sens pas apte à conduire.

— Puis-je vous proposer mon taxi ? suggéra Higgins.

— Je ne voudrais pas vous importuner, inspecteur, et…

— Inutile de risquer un accident ; et puis l'on ne fait pas attendre des chats affamés. Ils doivent se nourrir à des heures régulières afin de ne souffrir d'aucune perturbation et de garder un beau poil.

Angota Kingsley sourit.

— En ce cas, j'accepte.

Scott Marlow se leva.

— Higgins, ne commettez surtout pas de folie ! Je ne sais vraiment pas où nous emmène cette affaire.

— Rassurez-vous, je progresserai à pas prudents. Et puis l'homme qui voulait me tuer est de nouveau derrière les barreaux.

La « prudence » de Higgins faisait parfois frissonner le superintendant. Mais il était impossible de raisonner l'ex-inspecteur-chef et de le contraindre à revenir sur une décision.

— 43 —

— Avant de repartir en chasse, proposa Angota Kingsley
à Higgins, ne désirez-vous pas boire quelque chose ?
— Volontiers, mademoiselle.

La profileuse habitait une charmante petite maison peinte
en rose et en bleu, non loin de Trafalgar Tavern, le plus
célèbre pub de Greenwich. Jadis fréquenté par Charles
Dickens, il avait subi diverses métamorphoses avant d'être
restauré à l'ancienne.

En voyant accourir vers lui deux superbes matous bariolés
et une petite chatte noire, Higgins songea à son propre
compagnon, l'irascible Trafalgar qui ne manquerait pas, lors
de son retour, de lui faire longuement la tête pour mani-
fester son mécontentement à propos de cette absence pro-
longée.

À l'évidence, les deux mâles obéissaient aux ordres de la
petite chatte noire, à l'élégance souveraine. Elle accepta de
se faire caresser et commença à ronronner dans les bras de
Higgins.

La demeure d'Angota Kingsley était fort coquette. Mobilier Regency, moquette pure laine de couleur saumon, aqua-
relles du XIXe siècle consacrées à la Tamise et ne manquant
pas de charme, rideaux pourpres. L'ensemble formait un
cocon douillet.

171

— Si ces deux messieurs veulent bien me suivre à la cuisine, suggéra Angota Kingsley.

Les matous ne se firent pas prier, Higgins les accompagna et déposa sa protégée sur le carrelage.

La profileuse ouvrit la porte de son réfrigérateur, y prit une bouteille de lait, se retourna et se statufia, le rouge aux joues, osant à peine regarder Higgins.

Elle tenait en main une grande bouteille de Lactornat.

— Je… J'aurais dû vous le dire ! C'est la marque préférée de mes chats, je l'achète depuis des années et…

— Nourrissez-les, je vous en prie.

Mou de veau et lait frais furent appréciés par le trio au bel appétit.

Tétanisée, la profileuse ne savait plus quel comportement adopter.

— Vous… Vous n'allez pas me soupçonner de quelque chose ?

— Pour comprendre l'atroce mécanique de cette affaire, mademoiselle, il faut identifier l'assassin de l'infirmière Patricia Hurst. Et je soupçonne donc toutes les personnes liées à ces meurtres en série.

— Le superintendant Marlow aussi ?

Higgins sourit.

— Il appartient à la vieille école qui distinguait la frontière entre le bien et le mal, et n'a d'autre religion que Scotland Yard.

— Moi, ce n'est pas mon cas !

— En effet, mademoiselle. Et vous êtes autant impliquée dans cette affaire que l'avocate, la psychiatre et les trois amis de Dough Dainton. Et voilà qu'apparaît une bouteille de lait Lactornat, sans oublier ces délicats napperons brodés sur lesquels sont posés vos bibelots. Du napperon au mouchoir de lin, il existe un pas important à franchir, mais voici

172

néanmoins le signe de votre goût pour ce type de produit haut de gamme. Et puis, lors de vos études de médecine criminelle, vous avez découvert l'anatomie. Sans doute avez-vous manipulé quelques squelettes en plastique afin de mieux comprendre comment certains criminels exécutaient leurs victimes.

— C'est exact, inspecteur, et ce fut une expérience plutôt désagréable. Aimeriez-vous une tasse de thé ou bien du porto ?

— Disons… du porto.

— Je vais en prendre aussi. J'ai besoin d'un remontant.

Angota Kingsley remplit deux verres en cristal.

— Je suppose que vous allez me demander où je me trouvais le soir de l'assassinat de Patricia Hurst ?

— Vous ne manquez pas d'intuition, mademoiselle.

— Se rappeler de ce qu'on a fait la veille n'est pas si facile qu'on pourrait le croire… Alors, mardi dernier !

La profileuse prit un moment de réflexion.

— J'ai passé cette journée-là en partie dans mon bureau de Scotland Yard, et en partie aux archives pour continuer à rechercher des dossiers présentant des aspects comparables à celui de Dainton. Pas de trouvaille intéressante, hélas ! Et le soir, j'étais tellement fatiguée que je me suis contentée d'un œuf dur, d'une biscotte et d'une bière. J'ai nourri mes chats, feuilleté un magazine et me suis endormie sur le canapé. La petite chatte m'a réveillée vers minuit en me léchant le front, car elle voulait un biscuit. Je me souviens de l'heure, car j'ai regardé ma montre et j'ai pensé qu'il était grand temps d'aller me coucher. Malheureusement, mes chats ne peuvent témoigner, et je n'ai donc pas le moindre alibi.

Après avoir apprécié une gorgée de porto, Higgins ouvrit son carnet noir et prit quelques notes.

173

— Cet ensemble d'éléments me paraît un peu mince pour vous accuser de meurtre, mademoiselle. Il me manque le lapis-lazuli, les fleurs artificielles et les chaussettes orange, sans oublier que l'alibi si solide de Dainton n'a peut-être aucune valeur.

— Alors… Il serait quand même l'auteur du sixième crime ?

— Même en ce cas, le rôle de la psychiatre et de l'avocate demeure fort trouble.

— L'une de ces deux femmes, un assassin…

— Pourquoi pas les deux ? Leur amitié semble particulièrement solide.

— Je me sens complètement perdue ! Vous aviez arrêté un monstre, et tout paraissait clair. À présent, c'est le brouillard.

— Dough Dainton est bien ce monstre dont vous aviez tracé le portrait. Et je vous conseille de continuer à travailler sur son dossier pour collecter un maximum d'arguments opposables à maître Lambswoll et à la doctoresse Sigol.

— Cette éminente psychiatre ne méprise-t-elle pas une jeune profileuse débutante ?

— Ne vous préoccupez pas de l'opinion d'autrui et tracez votre propre chemin, mademoiselle. Je ne connais pas d'autre moyen de devenir ce que l'on est.

— 44 —

Grand, élégant, raide comme la justice, John A. Crosby était l'héritier d'une longue lignée de juristes et une autorité morale incontestée du droit d'outre-Manche. Propriétaire d'un club privé où la fine fleur du notariat et du barreau s'épanouissait en vase clos, à l'abri des oreilles indiscrètes, il avait tissé un énorme réseau de relations.

Ce dont il était le plus fier, c'était d'appartenir au cercle très restreint des amis de Higgins. Entre eux, tous anciens de Cambridge, c'était à la vie à la mort, et pas question de manquer l'un de ces dîners homériques où l'on vidait des bouteilles d'exception à la gloire de l'amitié.

Alors qu'il étudiait un dossier délicat concernant un ministre qui avait un peu confondu argent public et argent de poche, John A. Crosby fut averti que l'inspecteur Higgins le demandait. Il le reçut aussitôt dans son vaste bureau de Lincoln's Inn Fields, peuplé de milliers de volumes consacrés à l'art juridique.

— Serais-tu reparti en chasse ?

— Une affaire un peu délicate, répondit l'ex-inspecteur-chef. J'aurais besoin d'informations à propos d'une avocate, Dorothea Lambswoll.

John A. Crosby leva les yeux au ciel.

— Un véritable cauchemar ! Je n'ai même pas besoin de consulter son dossier, je le connais par cœur. Elle pose tellement de problèmes à la profession que nous souhaiterions tous l'expédier à l'autre bout du monde. Je pense qu'elle aurait plaidé pour l'innocence d'Hitler, tant elle s'attache à défendre les pires criminels en utilisant les faiblesses et les tares de notre système judiciaire. Maître Lambswoll est malheureusement une technicienne de première force, habile à exploiter la moindre faille pour faire libérer les assassins. D'après elle, ils ne portent aucune responsabilité ; seule notre horrible société est coupable, et le tueur est forcément une victime. C'est son psychiatre, Martina Sigol, experte auprès des tribunaux, qui lui a fourré cette théorie dans la tête.

— Leurs rapports dépassent-ils le cadre professionnel ?

— Officiellement, non. Sigol et sa patiente tiennent beaucoup à leur réputation.

— Maître Lambswoll dispose-t-elle d'une fortune personnelle ?

— Immense, et c'est bien l'un des aspects du problème ! Elle a pu acheter quelques juges qui ont tranché en sa faveur et des journalistes qui lui ont forgé une image d'héroïne volant au secours des déshérités et des damnés de la terre. Son père, riche héritier, était un ostéopathe renommé, doté d'un remarquable sens des affaires ; il a acheté plusieurs cliniques dans divers pays. À la tête des conseils d'administration, la doctoresse Martina Sigol ! Elle gère au mieux le petit empire dont a hérité son amie Dorothea Lambswoll à la mort de son père.

— Ostéopathe, dis-tu.

— Sa fille a pratiqué cette thérapie trois ou quatre ans avant de se lancer dans le droit. La lecture des œuvres complètes de Karl Marx l'a persuadée qu'elle avait une croisade à mener contre le grand capital dont les premières victimes n'étaient autres que les malheureux assassins. Sans vouloir colporter de ragots, la mort du père de l'avocate a paru tellement suspecte qu'une enquête a été ouverte. Elle n'a donné aucun résultat.

— Mais tu as des doutes, releva Higgins.

— Une certaine obscurité entoure ce décès qui a permis à la carrière de maître Lambswoll de prendre son essor.

— Déteste-t-elle les hommes ?

— Non, elle a eu quelques amants, uniquement de hauts magistrats, tous mariés, qu'elle a ensuite fait chanter en gardant le silence sur leurs liaisons. À mon club, ces naïfs se confessent, et Dorothea Lambswoll continue à gagner ses procès. Elle vient pourtant d'essuyer un cuisant revers sentimental et financier qui l'a sérieusement déstabilisée.

— As-tu des précisions ?

— Cette chère Dorothea est tombée amoureuse d'un Don Juan qui n'appartient pas à la sphère judiciaire. La psychiatre ne s'est pas opposée à cette aventure, sans doute considérée comme une distraction bienvenue. Elle a eu tort, car le bonhomme s'est comporté en véritable requin et a réussi à extirper une petite fortune à l'avocate. Malgré ses menaces, impossible de la récupérer ! Tout le barreau londonien se réjouit de cette embrouille. L'impitoyable maître Lambswoll victime d'un petit escroc, serait-ce le début de la fin ? Mais dis-moi, Higgins, notre avocate serait-elle mêlée à une affaire criminelle ?

— Elle veut faire libérer un tueur en série.

— Méfie-toi, elle a de grandes chances d'y parvenir. Rien d'autre ?

— Pour parvenir à ses fins, peut-être a-t-elle commis un crime.

John A. Crosby n'en crut pas ses oreilles.

177

– Ce serait fabuleux !

– L'en crois-tu capable ?

Le juriste se concentra.

– Une idéologue passer à l'action... Pas impossible. À force de confier son cerveau malade à un psychiatre, elle a peut-être décidé de vivre une expérience criminelle pour mieux défendre ses chers assassins. En ce cas, elle aura déployé une stratégie particulièrement tordue, et je te souhaite bien du plaisir ! Vu ses récents déboires, elle se montre très irritable et particulièrement odieuse, ce qui éloigne d'elle ses plus fervents supporters.

– Connais-tu le nom de l'escroc qui l'a roulée ?

– Non, mais je sais qu'il s'agit d'un spécialiste du ramonage. Un vrai fumiste ! As-tu besoin de précisions ?

– Ce ne sera pas nécessaire, John. Comme d'habitude, ton aide a été précieuse.

— 45 —

Bardé de titres et de diplômes, le docteur Stanley était l'un des pontes de la médecine britannique. Curieux de tout, il ne se limitait pas à la thérapie classique, mais utilisait également l'homéopathie et, sur les conseils de son ami Higgins, était aussi devenu un excellent acupuncteur. Il soignait avec succès de hautes personnalités, avait ses entrées partout, même au sommet de l'État, et ne prenait jamais de vacances puisque la maladie n'en prenait pas non plus.

Membre de l'illustre corporation des Médecins amis du vin, réunis annuellement en congrès à Bordeaux, en France, le docteur Stanley recommandait à chacun de ses patients un grand cru susceptible d'améliorer son état général et de lutter contre les miasmes.

De plus, il se passionnait depuis toujours pour les enquêtes criminelles et se félicitait d'être admis dans le cercle des proches d'Higgins qui le gratifiait parfois de confidences inédites.

À l'annonce de l'arrivée de l'ex-inspecteur-chef, le docteur Stanley se hâta de terminer une consultation. Il conseilla à une jeune Lady dépressive d'interrompre la prise de redoutables médicaments chimiques, de prendre quatre fois par jour quatre granules d'Ignatia 5ch, de faire du sport et de s'occuper des autres davantage que d'elle-même, sans oublier un verre de médoc à chaque repas.

— Qu'on ne me dérange pas, dit-il à sa secrétaire en introduisant Higgins dans son cabinet, un vaste salon tellement douillet et confortable que les malades se sentaient tout de suite mieux.

— Un nouveau meurtre sur les bras ?

— Six, répondit Higgins.

— Mazette ! Tu fais fort ce coup-là !

— Je ne suis pas entièrement responsable, Stanley.

— Tu vas me raconter tout ça en détails. Et ta santé ?

— À part l'arthrose du genou, je ne me plains pas.

— Assieds-toi sur le divan, et remonte ta jambe de pantalon. Une petite séance d'acupuncture te fera le plus grand bien.

Grâce au doigté du praticien, Higgins sentit à peine les piqûres.

— Te connaissant, tu soupçonnes forcément quelqu'un.

— Une psychiatre, la doctoresse Martina Sigol.

— Une redoutable spécialiste ! s'exclama le docteur Stanley. Belle, intelligente et rusée, elle fricote avec une avocate célèbre, Dorothea Lambswoll, et elles unissent leurs talents et leurs indéniables compétences pour faire acquitter les assassins qu'elles considèrent irresponsables au moment où ils tuent. La tête pensante, c'est Martina Sigol. Elle a déjà écarté de sa route quantité d'adversaires et aspire aux plus hautes fonctions. Les juges se mettent à genoux devant elle, et ses diagnostics prennent force de loi.

— L'as-tu rencontrée ?

— Deux fois, précisa le docteur Stanley. Elle a déployé tous ses charmes pour que je plaide sa cause auprès de sommités et qu'elle reçoive titres et décorations. Comme je n'ai pas caché ma désapprobation vis-à-vis de ses méthodes, nous nous sommes quittés en fort mauvais termes. Depuis, j'ai joué au détective et j'ai voulu en savoir plus sur son parcours ! Père dentiste, mère pharmacienne, études brillantes et… sportive acharnée ! Figure-toi que notre psychiatre a beaucoup joué au rugby avec des garçons et qu'elle faisait un ailier rapide et pas facile à plaquer. Et lorsqu'on ouvrait la boîte à gifles, elle n'était pas la dernière à en distribuer ! Personne ne lui marchait sur les pieds. Mais cette passion sportive a failli lui coûter fort cher.

— Pour quelle raison ?

— Étudiante en médecine, Martina Sigol se jugeait capable de soigner les rugbymen blessés et notamment de les manipuler après les matches. Quand on sort d'une mêlée, on a quelques vertèbres chahutées, à commencer par les cervicales ! Vu ses connaissances en anatomie, notre Martina remettait tout en place. Un jour, ça s'est mal passé. Son patient, un talonneur, a ressenti des douleurs atroces à la nuque et il a porté plainte pour agression. La future psychiatre avait failli lui tordre le cou ! De quoi ruiner sa carrière médicale.

— Le plaignant a-t-il été débouté ?

— Non, il a retiré sa plainte la veille du procès, et Martina Sigol est devenue une psychiatre mondaine admirée de la bonne société. Elle a vite compris que les relations influentes comptaient beaucoup plus que le travail bien fait.

— Te souviens-tu du nom du malheureux rugbyman que la future psychiatre a failli dénuquer ?

— Il doit figurer dans son dossier.

Le docteur Stanley pria sa secrétaire de le lui apporter.

— Ah, voilà… Il s'agit d'un garagiste nommé Frank Bairos.

— 46 —

Reconnaissant Higgins, le chef d'atelier du garage de Frank Bairos se montra nettement moins aimable que lors de leur première rencontre.

— Toujours pas de voiture à réparer, inspecteur ?

— Toujours pas. J'aimerais voir votre patron.

— Impossible, il est trop occupé. Repassez demain, en fin de soirée ; il aura peut-être un moment.

— Je suis très pressé.

— Ça attendra quand même demain.

— Me contraindrez-vous à demander l'intervention d'une brigade de policiers en uniformes qui boucleront le garage pendant quarante-huit heures pour procéder à une perquisition ?

Le chef d'atelier baissa la tête.

— Bon, ça va... Moi, j'avais des instructions. Je vous conduis.

Quand le chef d'atelier ouvrit la porte du vaste bureau ultra-moderne où Bairos jonglait avec des téléphones portables et l'ordinateur, le patron du garage explosa.

— Je ne veux pas être dérangé ! En quelle langue dois-je m'exprimer pour être compris ? Qu'on me fiche dehors tous les casse-pieds !

— Désolé de vous importuner, dit Higgins, mais c'est urgent et important.

— Encore vous, inspecteur ! Nous avons fait le tour de la question, et je n'ai rien à ajouter.

— Je suis persuadé du contraire.

Frank Bairos ralluma sa pipe, tira une bouffée, se cala dans son fauteuil de cuir à roulettes et posa les pieds sur son bureau encombré de documents comptables.

— Vous croyez m'impressionner, peut-être ! Qu'est-ce que c'est que cette embrouille ? Un honnête homme n'a peur de rien, même pas de la police. Vous me cherchez encore des poux dans la tête à cause de la dénonciation d'un collègue jaloux qui m'accuse de revendre des voitures volées, c'est ça ? Ce salopard a été condamné, mais il continue à me cracher dessus ! Eh bien moi, je vais porter plainte, et ce minable va en prendre plein la figure !

— Je ne m'occupe que de meurtres, précisa calmement Higgins.

Frank Bairos parut stupéfait.

— En quoi ça me concerne ?

— Connaissez-vous la psychiatre Martina Sigol ?

— Je ne fréquente pas ce genre de cinglée ! Quand on travaille dur, la tête fonctionne toute seule.

— Pourtant, vous avez pratiqué le rugby.

— En amateur.

— Au poste de talonneur, si je ne me trompe pas.

— Exact.

— Et votre équipe présentait une surprenante particularité.

— Je ne me souviens pas.

— Ce manque de mémoire m'étonne, monsieur Bairos. La présence d'une femme jouant à l'aile d'une équipe de rugby masculine est un fait rarissime que vous n'auriez pas dû oublier.

— La mémoire vous manque parfois !

— À présent, vous vous souvenez.

— Plus ou moins.

— Pourtant, cette jeune femme médecin a failli vous jouer un très mauvais tour en manipulant votre cou, à la suite d'un match où vous aviez été chahuté. Comme vous avez craint une lésion, vous avez porté plainte contre Martina Sigol.

— Possible, en effet. C'est une si vieille histoire.

— Pourquoi avez-vous retiré cette plainte ? demanda Higgins dont le regard transperça le garagiste.

— J'ai jugé ma réaction ridicule. Après tout, ce n'était qu'un banal incident !

L'ex-inspecteur-chef consulta son carnet.

— Bizarrement, vous avez acheté ce garage un mois après avoir retiré cette plainte et, malgré des débuts difficiles, vous avez payé régulièrement vos traites sans avoir recours au moindre emprunt.

— Je le savais, vous travaillez pour le fisc !

— Il serait temps de me dire toute la vérité pour ne pas aggraver votre cas, monsieur Bairos.

— La vérité, la vérité ! C'est si loin, tout ça…

— Pas tellement, puisque la doctoresse Sigol continue à acheter votre silence pour que ce grave incident n'entache pas sa réputation qu'elle veut immaculée afin de continuer à grimper les échelons de la hiérarchie médicale. Vous le savez et vous en profitez.

Le garagiste vida sa pipe, se leva et ouvrit la porte de son frigo pour s'offrir un verre de lait Lactornat.

— Si je comprends bien, inspecteur, vous possédez les preuves de ce que vous avancez.

184

— Le chantage est sévèrement puni, et vous risquez de tout perdre. À moins de me dire enfin toute la vérité.

— Que voulez-vous savoir de plus ?

— Martina Sigol prend fait et cause pour votre ami Dough Dainton, un tueur en série. Peut-être est-elle directement impliquée dans ses crimes, peut-être a-t-elle tué de ses propres mains l'infirmière Patricia Hurst. Et peut-être avez-vous joué un rôle dans cette sinistre affaire, même mineur.

— Moi ? Vous divaguez !

— Je n'ai pas de temps à perdre, Bairos. Parlez, et j'oublierai cette sordide histoire de chantage, à condition qu'elle s'interrompe immédiatement.

Le garagiste baissa la tête.

— La partie de bridge a bien eu lieu, et Dough Dainton ne nous a pas quittés de la soirée. Le lendemain, j'ai reçu un appel me demandant d'alerter la psychiatre Martina Sigol pour lui demander de s'occuper du cas Dainton qui allait être injustement accusé de meurtre. Voilà mon seul rôle dans cette sinistre affaire.

— Qui était l'auteur de cet appel ?

Bairos bourra nerveusement sa pipe.

— Je pourrais affirmer qu'il était anonyme, mais je préfère me dédouaner définitivement. C'est mon ami le professeur Philipp Sellos qui m'a demandé ce petit service.

— 47 —

L'impasse de Whitechapel était toujours aussi sinistre. Une pluie fine commençait à tomber, et la température, chutant à huit degrés, devenait enfin agréable.

En revoyant l'ex-inspecteur-chef, le sourire de la charmante secrétaire de Laurel Fubias s'estompa.

— Un problème, inspecteur ?

— Votre patron est-il disponible, mademoiselle ?

— Malheureusement non. Il dirige une réunion très importante.

— Désolé de l'interrompre, mais je dois l'interroger immédiatement.

— C'est délicat, inspecteur, je ne peux pas...

— Je vous en prie, mademoiselle.

— Je vais voir ce que je peux faire.

Cinq minutes plus tard, apparut un Laurel Fubias furibond.

— Que se passe-t-il, inspecteur ? Je suis sur le point de conclure un gros contrat, et mes interlocuteurs n'aiment pas attendre !

— Une enquête criminelle a ses exigences, vous le comprendrez.

— Nous nous sommes déjà tout dit !

— Je ne le pense pas.

Fubias parut stupéfait.

— Comment, vous ne le pensez pas ? M'accuseriez-vous de mensonge ?

— J'aimerais vous entendre préciser certains détails qui pourraient me permettre d'arrêter un assassin.

— Vous plaisantez ?

— Vraiment pas, monsieur Fubias.

— Alors, c'est sérieux ?

— Très sérieux.

— Me donnez-vous un quart d'heure pour conclure un contrat ?

— Entendu.

Le patron de l'entreprise de ramonage tint sa parole. Surexcité, il alla chercher lui-même Higgins et le convia à pénétrer dans son bureau.

Sur la table basse, plus aucun spécimen de fausses pierres semi-précieuses.

— Changez-vous souvent de décor ? demanda l'ex-inspecteur-chef.

— J'ai horreur de l'uniformité. La vie, c'est le mouvement ! Alors, pourquoi vouliez-vous me revoir ?

— Vous êtes un excellent homme d'affaires, monsieur Fubias, et vous ne manquez pas une occasion de développer votre entreprise.

— C'est le métier, inspecteur ! Si vous stagnez, vous mourez. Et moi, j'ai l'intention de vivre, et même de bien vivre.

— À n'importe quel prix ?

— Les affaires sont les affaires. C'est une jungle où il faut savoir s'affirmer ; on donne des coups et on en prend, c'est la loi du genre. Et les faibles sont piétinés.

— Autrement dit, vous n'hésitez pas à franchir quelquefois la frontière de la légalité.

187

— Difficile de l'avouer à un enquêteur de Scotland Yard !
Enfin, rien de grave. Il faut bien se défendre !

— Vous appréciez beaucoup les femmes, n'est-ce pas ?

— Je confirme ! Le meilleur plaisir de l'existence, ne trouvez-vous pas ?

— Un plaisir qui peut même devenir rentable.

Laurel Fubias s'empourpra.

— Pour qui me prenez-vous, inspecteur ?

— Pour l'amant d'une avocate célèbre et fortunée, par exemple.

— Ah… À qui pensez-vous ?

— À maître Dorothea Lambswoll.

— Une femme superbe, très attirante et d'une intelligence supérieure. Je ne regrette pas de l'avoir intimement connue.

— Une intelligence peut-être inférieure à la vôtre, monsieur Fubias, puisque vous avez réussi à rouler cette grande professionnelle.

— Rouler, rouler… Vous exagérez !

— La somme escroquée me semble tout à fait respectable.

— Il ne s'agit pas d'une escroquerie ! Dorothea a signé de son plein gré, en toute connaissance de cause et pas sous la menace.

— Elle ne semble pas avoir bien lu les documents que vous lui avez proposés.

— On n'est jamais trop prudent… Et ce n'était quand même pas à moi de faire son éducation juridique !

— Maître Lambswoll aurait pu porter plainte.

— Elle croit que le ridicule tue et tient à sa réputation, son trésor le plus précieux !

— Vous n'avez aucun regret, semble-t-il.

— Aucun. La naïveté, ça se paye.

— Appréciez-vous les positions de maître Lambswoll, l'avocate des pires criminels ?

— Chacun ses idées ! Moi, je fais du commerce et ne me préoccupe pas du monde de la justice.

— Votre maîtresse vous a-t-elle menacé, après avoir découvert votre escroquerie ?

— Son unique réaction fut d'être profondément vexée ! Elle me prenait pour un minable, et je lui ai prouvé le contraire. Ça lui aura donné une bonne leçon, et nous aurons passé de bons moments.

— La croyez-vous capable de commettre un meurtre, monsieur Fubias ?

L'entrepreneur tourna plusieurs fois sa langue dans sa bouche.

— Je suis incapable de répondre à cette question.

— Mais c'est bien vous qui l'avez appelée pour qu'elle défende votre ami Dough Dainton.

— Oui et non… Je l'ai appelée, c'est vrai, mais parce que j'avais été moi-même contacté. On m'a prévenu que Dainton allait être injustement accusé de meurtre, et que seule Dorothea Lambswoll pouvait le tirer de ce mauvais pas.

— Pourquoi avez-vous accepté de rendre ce service ?

— Parce que… Parce qu'un ami en qui j'ai pleine confiance me le demandait.

— Son nom ?

— Suis-je obligé de vous le donner, inspecteur ?

— Tout à fait obligé.

— Après tout, il n'a rien fait de mal… Il s'agit du professeur Philipp Sellos.

— 48 —

Une belle averse succédait à une succession d'ondées. Les nuages s'amoncelaient dans le ciel, et la valse des parapluies animait les rues de Londres. Elle rappela à Higgins *L'Ode à l'eau céleste* de la grande poétesse Harriett J. B. Harrenlittlewoodrof, promise au prix Nobel de littérature. « Chevaux aux crinières de vent, écrivait-elle, passants sans visage, douces caresses des nuées, vous baignez de couleurs inquiètes mes pensées alanguies. »

Des vendeurs de journaux clamaient des nouvelles scandaleuses, allant de l'adultère d'un footballeur vedette aux gaffes d'un ministre qui avait oublié de se rendre à une cérémonie télévisée pour décorer des mères de famille méritantes.

Higgins emprunta l'escalier menant à l'appartement du professeur Philipp Sellos, avec l'espoir qu'il ne serait pas absent.

L'enseignant ouvrit au troisième coup de sonnette.

Mal rasé, l'œil éteint, il mit du temps à reconnaître son visiteur.

– Inspecteur Higgins… Pardonnez-moi, j'ai de la fièvre et des courbatures. Honnêtement, je ne pensais pas vous revoir.

— Désolé de vous importuner, mais les progrès de l'enquête imposent un nouvel entretien.

— Et vous ne pouvez pas attendre, évidemment ?

— Évidemment.

— Bon… Entrez.

Traînant des pieds, l'enseignant s'affala dans un canapé.

— La migraine me brouille les idées, confessa-t-il d'une voix rauque. Je ne vois pas comment je pourrais vous être utile.

— J'aimerais connaître l'état exact de vos relations avec maître Dorothea Lambswoll et la doctoresse Martina Sigol.

— Pourriez-vous répéter…

— Vous avez parfaitement compris, professeur.

— Ces personnes me sont étrangères.

— Je suis persuadé du contraire.

Philipp Sellos passa une main nerveuse dans sa chevelure en brosse.

— Je n'aime pas beaucoup qu'on mette ma parole en doute, inspecteur. Voilà de nombreuses années que je dénonce la brutalité des méthodes policières et la manière dont Scotland yard persécute les innocents !

— Comme votre ami Dough Dainton, par exemple ?

— Vous n'avez aucune preuve contre lui et vous ne cherchez qu'à ruiner la réputation des universitaires qui luttent pour les droits de l'homme, la dignité de la personne et la liberté de conscience.

— Nous nous égarons, monsieur Sellos.

— Au contraire, nous touchons au cœur du problème ! Votre enquête n'est qu'un prétexte pour me calomnier et me désigner comme un être pervers et dangereux.

— Vous aurais-je mis en cause ?

— Vous ne pensez qu'à ça ! Traîner un professeur d'université dans la boue, quel triomphe policier ! Et votre mépri-

191

sable croisade ne s'arrête pas là : il vous faut aussi impliquer son ami, également enseignant.

— Si nous en revenions à ma question initiale, monsieur Sellos ?

— Vous voulez me faire tomber dans un piège et m'associer à d'horribles crimes !

— Si vous continuez à mentir, vous connaîtrez l'épreuve d'une garde à vue ; et les policiers qui vous interrogeront se montreront moins aimables que moi.

Philipp Sellos devint encore plus blême.

— J'ai besoin d'aspirine, marmonna-t-il.

Le professeur avala deux cachets en buvant un verre de lait Lactornat.

— J'avoue que j'ai hésité, déclara Higgins. Ou bien vous interroger en tête à tête, ou bien vous faire arrêter pour complicité de crime ; et j'ai sans doute choisi la mauvaise solution.

— Attendez, inspecteur, attendez ! Je n'ai rien à cacher, moi, et je ne peux être accusé de rien.

— En ce cas, ne maquillez plus la vérité. Quand avez-vous rencontré maître Lambswoll et la doctoresse Sigol ?

— Jamais, je vous le jure !

— Pourtant, vous avez appelé le garagiste Frank Bairos pour qu'il contacte la psychiatre et Laurel Fubias l'avocate.

— Comment… Comment le savez-vous ?

— J'ai recueilli le témoignage de vos deux amis.

— Ah… Je leur avais pourtant recommandé de rester discrets.

— Lorsqu'on est face à six meurtres, la discrétion n'est plus de mise. Vous reconnaissez donc avoir appelé vos deux amis pour qu'ils viennent en aide à Dough Dainton en alertant l'avocate et la psychiatre ?

— Je le reconnais, et je n'ai pas le sentiment d'avoir commis une faute ! Pour moi, Dough Dainton n'est pas encore reconnu coupable.

— Si vous avez agi de votre propre initiative, professeur, vous étiez bien informé. Trop bien informé.

— Je… Je ne comprends pas.

— Bien sûr que si. Ou bien vous avez manipulé vos amis parce que vous avez commis des actes répréhensibles, ou bien quelqu'un vous a manipulé.

Philipp Sellos contempla ses chaussures.

— Quelqu'un m'a appelé pour me dicter la conduite à suivre. Et j'ai suivi ses consignes à la lettre.

— Pourquoi ne pas avoir raccroché ?

— Parce que ses menaces m'ont terrorisé, et je les ai prises très au sérieux. De plus, obéir ne m'apparaissait nullement comme un délit.

— Reste un détail capital : qui vous a appelé en vous menaçant et en vous dictant ses conditions ?

— Je l'ignore, cette personne ne s'est pas nommée.

— Homme ou femme ?

— Impossible à dire, la voix était déguisée. Pardonnez-moi, inspecteur, la fièvre monte et j'ai besoin de m'allonger. Revenez quand vous voudrez.

— 49 —

Scott Marlow luttait vaillamment contre les procédures entamées par l'avocate Dorothea Lambswoll et la psychiatre Martina Sigol afin de faire libérer le professeur Dough Dainton, que soutenaient la plupart des journaux à scandale. Parfaitement orchestrée, la campagne de presse prenait la défense de l'universitaire accusé sans preuves formelles. Le sixième meurtre ne démontrait-il pas son innocence ?

La profileuse Angota Kingsley cherchait désespérément, dans le dossier de Dainton comme dans celui des victimes, des éléments susceptibles d'aider son supérieur à maintenir le tueur en série derrière les barreaux.

La réapparition de Higgins redonna un peu d'espoir au superintendant. L'ex-inspecteur-chef lui exposa les détails accumulés au cours des interrogatoires et dressa l'état de ses soupçons.

— Voilà un fait nouveau et capital, estima Marlow : il existe un lien entre l'avocate, la psychiatre et les trois amis bridgeurs de Dainton qui, comme par hasard, lui ont fourni un alibi en béton pour le sixième meurtre ! La situation s'éclaircit d'une certaine manière et s'obscurcit d'une autre : serions-nous en présence d'une association de criminels dont Dainton ne serait que l'un des exécutants ?

— Je ne l'exclus pas.

– Trois solutions possibles, avança le superintendant. La première : ils sont tous complices et obéissent à une tête pensante que nous n'avons pas encore identifiée. La deuxième : Dainton et ses trois amis ont conçu, préparé et accompli ensemble les assassinats ; pour faire libérer le professeur, ses trois camarades ont appelé la psychiatre et l'avocate. La troisième : les seuls complices de Dainton sont précisément la psychiatre et l'avocate, et les trois bridgeurs sont innocents.

Higgins approuva d'un hochement de tête.

– Vous avez repéré les indices importants, nota le superintendant, mais ils sont éclatés, comme si les assassins cherchaient à nous égarer. Chacun semble un peu responsable, mais pas totalement ! Nous sommes en présence d'une machination infernale.

– C'est mon sentiment depuis le début de cette affaire, confessa l'ex-inspecteur-chef, mais ne perdons pas de vue que Dainton est un tueur en série.

– Le croyez-vous également coupable du meurtre de l'infirmière ?

– Probablement pas, mais je ne suis pas catégorique. Un élément essentiel m'échappe encore.

– Je vais convoquer ses trois amis et les confronter à Dainton, décida Marlow. Peut-être sortira-t-il quelque chose de la confrontation.

Le téléphone sonna.

– Oui, c'est moi... Je vous écoute.

Marlow ne prononça plus un seul mot. Les mâchoires serrées, il écouta et raccrocha.

– C'était le grand patron. Nous avons perdu, Higgins ; le professeur Dough Dainton sera libéré demain soir. La justice n'a pas trouvé nos arguments convaincants, elle estime l'enquête bâclée et superficielle. De plus, nous portons atteinte aux droits de la personne et de la défense, et nous mettons en péril le psychisme fragile d'un présumé innocent. Enfin, la pression médiatique devient trop forte. Il nous est interdit de parler à Dainton hors de la présence de son avocate et de sa psychiatre.

Même l'excellent whisky écossais de contrebande ne remonta pas le moral du superintendant.

— Le grand patron aura ma démission sur son bureau demain matin, annonça-t-il.

— Ne commettez pas cette erreur, recommanda Higgins. Ce serait accepter le triomphe d'un ou de plusieurs assassins, et l'heure n'est pas encore venue de rendre les armes.

— Nous voici pieds et poings liés ! Et nous avons tout essayé.

— Pas encore, mon cher Marlow.

— À quoi pensez-vous ?

— Les trois amis bridgeurs de Dainton ne reviendront pas sur leurs déclarations, surtout s'ils ont dit la vérité, ce qui reste une hypothèse non négligeable. Au moins, ils ont mis en lumière le rôle étrange de maître Dorothea Lambswoll et de la psychiatre Martina Sigol. Et il reste à découvrir le mystérieux correspondant du professeur Sellos qui lui a ordonné, en le menaçant, d'alerter ces deux spécialistes afin de venir en aide à l'assassin.

— Et si c'était l'une des deux, précisément ?

— Sellos peut aussi avoir menti et inventé ce correspondant anonyme pour se dédouaner.

— En ce cas, le cerveau de l'opération criminelle, ce serait lui !

— Une éventualité à retenir, estima Higgins.

— Je vais cuisiner ce gaillard !

— N'en faites rien, superintendant. S'il est bien au centre d'un réseau criminel, il résistera à tous les interrogatoires et portera plainte pour persécution policière. En tant qu'ami du malheureux Dainton, il aura droit à la compassion générale, et maître Dorothea Lambswoll ne manquera pas d'intervenir.

— C'est bien ce que je disais, déplora Marlow : nous sommes pieds et poings liés.

— Je ne me suis pas encore attaqué à l'avocate et à la psychiatre, déclara Higgins avec calme.

Le superintendant crut avoir mal entendu.

— Vous… Vous n'y pensez pas !

— Ne sont-elles pas suspectes ?

— C'est impossible, Higgins ! Ces personnalités sont hors d'atteinte !

— Personne n'est hors d'atteinte de la vérité, mon cher Marlow.

Le superintendant savait que cette prise de position avait brisé la carrière de Higgins, promis aux plus hautes fonctions. Mais, jusqu'à son dernier souffle, l'ex-inspecteur-chef n'en changerait pas.

— Nous n'avons plus rien à perdre, rappela-t-il, et il nous reste fort peu de temps avant la libération de Dough Dainton. Les chances d'obtenir un résultat sont extrêmement faibles, je le reconnais. Mais point n'est besoin d'espérer pour entreprendre.

— 50 —

Situé au cœur de la City, le cabinet de la doctoresse Martina Sigol était un hymne au modernisme. Mobilier design, tableaux déstructurés de jeunes créateurs ne peignant qu'en état second, sculpture récemment primée montrant un empilement de boîtes de conserves couronnées par un essuie-glace, lumière orange et arrière-fond de musique électronique.

La spécialiste recevait sa clientèle privée entre 6 h et 9 h, et 19 h et 22 h. Higgins se présenta à sa secrétaire à 21 h 50.

– Je n'avais pas rendez-vous, déplora-t-il mais je dois voir Mme Sigol de toute urgence.

– C'est tout à fait impossible, cher monsieur. Pour les urgences, contactez l'hôpital. Moi, je peux vous donner une date… dans six mois. Cela vous convient-il ?

– Je crains que non.

La porte capitonnée du cabinet s'ouvrit. En sortirent une patiente vêtue d'un manteau de fourrure et Martina Sigol, d'un corsage orange et d'une jupe en cuir noir. Elle portait des boucles d'oreilles en forme de cœur et, pour un œil exercé, nul doute qu'il s'agissait de lapis-lazuli.

– Je vous ai déjà vu quelque part, dit-elle d'une voix acide en s'adressant à l'ex-inspecteur-chef.

198

— Higgins, Scotland Yard. Je suis venu vous inviter à dîner.

La psychiatre fut prise au dépourvu.

— Que pensez-vous du Ritz, docteur ? Le style est un peu ancien, j'en conviens, mais la cuisine ne manque pas de qualités. Étant fasciné par votre métier et la précision de vos analyses, j'aimerais, à titre personnel, solliciter quelques conseils.

La psychiatre ne crut pas un mot de ce langage lénifiant, mais elle adorait les défis. Et cet inspecteur obstiné ne sortirait pas intact de cette aventure dans laquelle il s'engageait de manière fort imprudente.

*
* *

Un maître d'hôtel s'avança vers Higgins et la psychiatre.

— Quel plaisir de vous revoir, inspecteur ! Je vous ai réservé votre table préférée. Vous y serez parfaitement tranquille.

Non loin du palais de St. James, le Ritz luttait contre la barbarie et préservait les traditions. Martina Sigol choisit de dîner au dom pérignon, et commanda du saumon sauvage et une sole.

— Manger légèrement est essentiel, assena-t-elle, surtout quand on a mon rythme de travail. Vous devez être bien déçu, inspecteur. Cette fois, pas d'erreur judiciaire ! Maître Lambswoll et moi-même avons réussi à arracher à vos griffes le malheureux professeur Dainton.

— Vous aurait-il offert vos magnifiques boucles d'oreille en lapis-lazuli ?

La psychiatre sourit.

— Vous ne manquez pas d'audace ! Désolée de vous décevoir, c'est le cadeau de mon supérieur hiérarchique à l'hôpital dont j'occuperai bientôt le poste.

— Félicitations, docteur.

— L'ascension sociale des femmes dérange beaucoup de machos, mais ils seront balayés comme des fétus de paille. Nous sommes intelligentes, rapides et compétentes. Et pas un seul domaine ne nous échappe.

— Même le rugby ?

— Pourquoi serait-il réservé aux hommes ? La stratégie et la rapidité comptent autant que la force brutale !

— Vous avez joué à l'aile, paraît-il.

La psychiatre fixa l'ex-inspecteur-chef.

— Vous êtes très bien informé. On jurerait que vous vous êtes intéressé de fort près à mon passé.

— Vous êtes une femme très fascinante.

De son sac à main, Martina Sigol sortit un mouchoir de lin pour s'essuyer la commissure des lèvres.

— Vous fourniriez-vous chez James and James, docteur ?

— Leurs produits sont incomparables.

— N'auriez-vous pas croisé Dough Dainton dans ce magasin ?

— Disposez-vous d'un témoignage à ce propos ?

— Non, docteur.

— Supposiez-vous que je répondrais par l'affirmative ?

— Vous auriez pu avoir un bon mouvement.

La psychiatre sourit de nouveau.

— Dans mon métier, il faut exercer le contrôle de ses émotions. Cet interrogatoire déguisé en dîner laisse supposer que vous me soupçonnez d'être liée, d'une manière ou d'une autre, à l'affaire criminelle qui vous voit piétiner d'une manière lamentable.

— Un médecin de votre importance soumis à un odieux chantage ne finit-il pas par perdre l'équilibre et commettre des actes… insensés ?

— Ce salopard de garagiste… Ainsi, vous savez !

— Désormais, promit Higgins, il ne vous importunera plus.

Martina Sigol ne dissimula pas son étonnement.

— L'auriez-vous… arrêté ?

— Je lui ai simplement conseillé de mettre fin à son chantage, sous peine de graves ennuis.

— Je suppose que je devrais vous remercier, inspecteur.

— Je n'ai fait que mon devoir.

— Me voici redevable, psychiquement et matériellement ! Je déteste ça.

— Le garagiste Frank Bairos vous a-t-il appelé pour vous demander de vous occuper de son ami Dough Dainton, accusé de meurtre ?

La psychiatre hésita.

— Ce champagne est exceptionnel. Et ma réponse est : oui.

— Que votre maître chanteur vous adresse une telle requête ne semble pas vous avoir surprise.

— Le devoir passe avant les sentiments, inspecteur. J'ai vite compris que mon patient était un être fragile qui devait être soigné.

— Où avez-vous passé la soirée de mardi dernier, docteur ?

— Suis-je obligée de vous répondre ?

— Il ne s'agit que d'une conversation privée. Agissez comme bon vous semble.

— Mardi soir… Oui, je m'en souviens. Un moment très agréable, passé en compagnie de ma grande amie, maître Dorothea Lambswoll. Nous avons bu de la bière, mangé une pizza et regardé un film français remarquable sur Che Guevara, l'idole de la jeunesse mondiale. La révolution est en marche, inspecteur. Seul Scotland Yard ne s'en est pas encore aperçu.

— Considérez-vous le professeur Dough Dainton comme un révolutionnaire ?

— Mais bien entendu ! Ses idées vont dans le bon sens, et c'est pourquoi vous le persécutez.

— Songez-vous parfois aux six femmes assassinées ?

— Je ne peux malheureusement plus rien pour elles, inspecteur. Et c'est à un innocent, Dough Dainton, que je dois consacrer tous mes efforts.

— Je vous conseille le fondant au chocolat. C'est une petite merveille de légèreté.

La psychiatre accepta et s'en félicita.

— Vous ne m'avez pas menti, inspecteur.

— Et vous, docteur ?

— Me soupçonnez-vous vraiment d'avoir participé à ces meurtres de près ou de loin ? C'est grotesque ! Je passe mon temps à soigner les gens, pas à les tuer.

— Pourquoi avez-vous refusé la confrontation entre Dough Dainton et les commerçants auxquels il a acheté les objets déposés sur les cadavres de ses victimes ?

— D'abord, parce qu'il n'a tué personne ; ensuite, parce que cette épreuve humiliante et inutile aurait profondément dégradé sa santé psychique. Et maître Lambswoll m'a pleinement approuvé. Oubliez le professeur Dainton, inspecteur, et recherchez le véritable tueur en série.

— 51 —

Comme chaque dimanche matin, l'avocate Dorothea Lambswoll faisait son jogging dans Regent's Park, admirable jardin créé en 1812 par John Nash qui rêvait d'installer une petite ville à la campagne. À l'origine, seules huit magnifiques villas avaient été bâties à l'intérieur même de Regent's Park, devenu le cœur verdoyant et bucolique d'un quartier composé de riches demeures. L'avocate aimait canoter seule sur le lac pour préparer ses plaidoiries en toute tranquillité et contempler la roseraie des Queen Mary's Gardens.

La pluie ne la gênait pas. Le visage trempé, fouetté par le vent, elle éprouvait un formidable sentiment de puissance. Quand elle défendait une cause, personne ne pouvait la vaincre. Accumulant succès sur succès, elle devenait une vedette du barreau londonien et ne rencontrait plus d'adversaire à sa mesure. Séduisante, convaincante, compétente, elle avait l'oreille des professionnels et des médias.

À bout de souffle, elle regagna son superbe hôtel particulier georgien. Guettant son arrivée, son majordome ouvrit la porte de chêne massif, surmontée d'un balcon à colonnes.

— Servez-moi un café très serré, lui ordonna-t-elle.

— Madame, un inspecteur de police vous attend dans le petit salon.

— Pourquoi lui avez-vous permis d'entrer ?

— Il s'est montré très convaincant et prétend intervenir dans votre intérêt.

Furieuse, l'avocate fit irruption dans le petit salon orné de vitraux représentant des fauves.

Higgins examinait des fleurs artificielles, disposées dans des poteries chinoises d'époque récente.

— Inspecteur Higgins ! Que faites-vous chez moi ?

— Je souhaitais vous voir de toute urgence et de manière discrète.

— Et si je vous demandais de quitter immédiatement les lieux ?

— Je m'inclinerais, bien entendu, mais je serais navré que la vérité ne vous intéresse pas.

Pendant plusieurs secondes, les regards de l'avocate et de Higgins s'affrontèrent.

— Café ou thé, inspecteur ?

— Café, s'il vous plaît.

— Accordez-moi un quart d'heure. Je vais me doucher et me changer.

Avant qu'elle ne quittât la pièce, Higgins eut le temps d'apercevoir les grandes chaussettes orange de l'avocate.

Le majordome ne tarda pas à apporter un plateau en argent massif. Service de porcelaine de Saxe, cafetière ancienne à manche de nacre, toasts tièdes et confiture d'orange amère artisanale.

Le café était un véritable arabica d'une qualité exceptionnelle. Higgins le savoura à petites gorgées, jusqu'à la réapparition de l'avocate, vêtue d'un pull-over orange et d'un pantalon noir. Habilement décoiffée, elle grignota un toast.

— Vous ne manquez pas de culot, inspecteur ! Venir m'interroger chez moi, à l'improviste, cela pourrait vous coûter cher.

— Ma démarche n'a rien d'officiel ; j'ai simplement besoin de votre témoignage.

— Ces déclarations lénifiantes ne m'abusent nullement. Si vous êtes ici, c'est parce que vous me soupçonnez d'être mêlée à l'affaire criminelle que vous ne parvenez pas à élucider.

— Votre attitude ne justifie-t-elle pas mes interrogations ?

— Je remplis parfaitement ma fonction d'avocate en défendant un innocent injustement accusé. Et la justice me donne raison.

— Avoir des relations particulières avec l'un des proches de l'assassin présumé vous paraît-il tout à fait normal ?

Dorothea Lambswoll vida sa tasse de café.

— Qu'allez-vous encore inventer, inspecteur ?

— Niez-vous avoir été la maîtresse de Laurel Fubias, entrepreneur en ramonage, qui vous a extorqué une belle somme d'argent et contre lequel vous n'osez pas porter plainte, au risque de voir ternie votre réputation et d'être dessaisie de cette affaire ?

— Pure spéculation ! Et quand bien même il y aurait un fond de vérité, vous n'obtiendriez aucune preuve.

— Fubias fournit un alibi à Dainton dont vous êtes l'avocate. Pourquoi tenez-vous tant à faire libérer un criminel en série ?

— Parce qu'il est innocent ! rugit Dorothea Lambswoll. Pour Scotland Yard, tous les individus sont des criminels en puissance.

— Il ne sera pas facile de prouver que vous avez acheté des juges et que vous faites chanter des magistrats influents et mariés dont vous êtes devenue la maîtresse. Mais Fubias est prêt à dévoiler les dessous de son petit exploit financier, et ce faux pas vous fera tomber.

— Fubias se taira !

— Un homme soupçonné de faux témoignage, voire de complicité de meurtre, préfère se blanchir plutôt que d'avoir de graves ennuis.

— Ces ennuis, promit l'avocate, c'est vous qui les subirez, inspecteur !

— Où vous trouviez-vous, mardi soir dernier ?

La question étonna l'avocate.

— Ainsi, vous me soupçonnez d'avoir assassiné l'infirmière ! Bravo, inspecteur ! Je n'ai jamais entendu autant d'inepties en si peu de temps. Bien entendu, je ne suis nullement obligée de vous répondre, mais je vais vous clouer définitivement le bec. Mardi soir dernier, j'ai invité ma grande amie, la psychiatre Martina Sigol, à dîner ici. Nous avons bu de la bière, mangé une pizza et regardé un film français remarquable sur Che Guevara, l'idole de la jeunesse mondiale.

Higgins prenait des notes sur son carnet noir.

— Remarquable, maître. Vous avez récité la même leçon que votre amie, sans vous tromper.

— Oseriez-vous insinuer que nous mentons toutes les deux et que nous fournissons l'une à l'autre un faux alibi ?

— Hypothèse envisageable.

L'avocate croisa les bras et regarda Higgins de haut.

— De la pure provocation, voilà votre seule méthode d'investigation !

— Maître Sigol et vous-même vous êtes opposées à une reconstitution des visites de Dough Dainton chez les commerçants auxquels il a acheté les objets qu'il déposait sur les cadavres de ses victimes. Pourquoi, sinon parce que vous saviez qu'ils le reconnaîtraient ?

— Vous vous égarez complètement et vous mésestimez l'intensité de mon engagement en faveur de la dignité humaine. Cette reconstitution dégradante aurait porté gravement atteinte aux droits de la personne et aurait pu influencer de manière négative l'opinion du tribunal. Si vous croyez que je ne pense qu'à ma carrière, qu'à mon renom et à ma fortune, vous commettez une lourde erreur. Pour moi, l'invention de la police est le pire des désastres. Comme l'affirme le grand philosophe français Jean-Jacques Rousseau, l'homme est bon par nature, et seule la société le pervertit. C'est pourquoi aucun criminel n'est réellement coupable. Et je suis fière de permettre à des assassins victimes de l'oppression bourgeoise et capitaliste d'échapper à des châtiments aussi cruels qu'injustes. Des psychiatres de la qualité de Martina Sigol les écoutent, les comprennent et les soignent.

— Et s'ils récidivent ? s'inquiéta Higgins.

— C'est toujours à cause de l'ordre social qui n'admet pas leur rédemption !

— Si je vous suis bien, vous voulez faire libérer Dough Dainton même s'il est un tueur en série.

— Comme tout être humain, il doit être compris et réhabilité. La prison n'est jamais une solution.

— Êtes-vous sincère, maître ?

— Je ne vous permets pas d'en douter ! Mais comment un policier pourrait-il comprendre la grandeur de l'aventure humaine ? Nous n'avons plus rien à nous dire, inspecteur. Veuillez quitter immédiatement mon domicile.

— 52 —

La profileuse Angota Kingsley bouillonnait de révolte.

— Ce n'est pas possible, superintendant ! On ne va quand même pas libérer un tueur en série !

— Je crains que si, mademoiselle. Les ordres de la hiérarchie sont formels, et nous devons nous conformer aux directives de la justice.

— La justice… Elle délire !

— Notre dossier ne lui paraît pas suffisamment solide. La garde à vue est terminée, et je n'ai pas obtenu le droit de la prolonger.

Angota Kingsley se tourna vers Higgins.

— Comme moi, inspecteur, vous ne doutez pas de la culpabilité du professeur Dainton !

— En effet, mademoiselle.

— Et vous avez recueilli mille indices allant en ce sens !

— Peut-être pas mille, mais un nombre suffisant qui aurait dû suffire à persuader les juges de ne pas écouter maître Dorothea Lambswoll et la psychiatre Martina Sigol. Hélas ! Nous avons échoué.

— Ne les trouvez-vous pas trop impliquées dans cette affaire ?

— Je les ai interrogées, révéla l'ex-inspecteur-chef.

La profileuse contempla Higgins avec admiration.

— Elles ne vous ont pas écharpé !

— L'envie ne leur en manquait pas ; elles ont néanmoins consenti à me répondre, et ces entretiens ne furent pas stériles. Il m'aurait fallu davantage de temps pour creuser certaines pistes.

— Vous n'allez pas renoncer, inspecteur !

— Certainement pas, mademoiselle.

— Pour le moment, intervint Scott Marlow, nous devons adopter un profil bas.

Un planton annonça l'arrivée de l'avocate Dorothea Lambswoll et de la psychiatre Martina Sigol.

Très en beauté, les deux femmes affichaient une mine triomphante.

L'avocate déposa un lourd dossier sur le bureau de Scott Marlow.

— Voici tous les documents nécessaires, signés par les autorités administratives et judiciaires, qui autorisent la remise en liberté immédiate du professeur Dough Dainton.

— M'autorisez-vous à vérifier, maître ?

— J'allais vous en prier. Surtout, prenez votre temps ! Je ne suis pas pressée.

— Moi non plus, ironisa la psychiatre, visiblement ravie.

Pour Scott Marlow, chacun des feuillets fut un supplice. Il s'obligea pourtant à lire la totalité de cette prose administrative qui permettait à Dainton de retrouver sa liberté de mouvements.

— Tout est en ordre, conclut le superintendant.

— Parfait, déclara l'avocate. Amenez-nous le professeur Dainton.

N'y tenant plus, la profileuse protesta.

— Maître, vous ne pouvez pas commettre une telle faute ! Consultez mon étude, et vous serez persuadée que le professeur Dainton est un criminel dangereux.

— Une analyse psychologique n'est pas une preuve, rétorqua sèchement Dorothea Lambswoll.

— Votre inexpérience ne plaide pas en votre faveur, ajouta Martina Sigol, dédaigneuse.

— Nous n'en sommes plus aux critiques, souligna Angota Kingsley. Si le professeur Dainton sort de prison, il continuera à tuer ! Il est vicieux, intelligent et rusé, et rien ne refrénera ses pulsions.

— Votre opinion n'a aucune importance, estima la psychiatre, car elle ne repose pas sur des fondements sérieux. Vous vous êtes enflammée à tort et avez manqué de rigueur scientifique.

— Je vous jure que non ! affirma la profileuse. Je ne mène aucun combat personnel contre le professeur Dainton et je...

— Cela suffit, mademoiselle, trancha l'avocate ; votre comportement est infantile et inadmissible. Comme tout un chacun, et quelles que soient vos fonctions, vous devez vous conformer aux décisions de justice.

— Songez-vous à la prochaine victime de Dainton, maître ?

Dorothea Lambswoll haussa les épaules.

— Il n'existe pas la moindre preuve contre lui ! Votre dossier d'accusation n'est qu'un tissu de conjectures. Même un avocat débutant l'aurait fait libérer sans difficultés. Au lieu de continuer à harceler un innocent, recherchez plutôt le véritable criminel.

— Si vous vous trompez, intervint Scott Marlow, mesurez-vous les conséquences de votre erreur ?

— Écoutez-moi bien, superintendant : vous devez respecter la loi dans toute sa rigueur, sous peine de sévères sanctions. Et vous pouvez compter sur mon intervention pour les alourdir au maximum. Le professeur Dough Dainton redevient un homme libre et pourra reprendre l'ensemble de ses activités.

— Il demeure tout de même assigné à résidence jusqu'à la clôture officielle de l'enquête, rappela Scott Marlow.

— J'en conviens, mais n'essayez surtout pas de le faire suivre. Pas un policier ne devra s'approcher de lui, pas un ne devra surveiller son domicile. Pour information, j'ai engagé deux détectives privés très expérimentés qui assurent la sécurité du professeur et m'alerteront au moindre incident, même mineur. Bien entendu, je vous considérerai comme responsable et porterai immédiatement plainte.

— Je m'occuperai personnellement de la santé psychique du professeur Dainton, promit la psychiatre Martina Sigol ; il a besoin de repos et de calme.

— L'une et l'autre, déclara Higgins avec gravité, vous avez choisi un chemin particulièrement dangereux.

— Des menaces, inspecteur ? questionna l'avocate, furieuse.

— Une dernière fois, maître, je vous affirme que vous faites libérer un assassin qui poursuivra sa croisade meurtrière.

— Votre entêtement m'indiffère. Faites venir le professeur Dainton.

— 53 —

Deux policiers en uniforme introduisirent Dough Dainton dans le bureau du superintendant qui lui ôta lui-même les menottes.

— Trop aimable, dit le professeur, impeccablement rasé et vêtu d'une veste en alpaga et d'un pantalon gris.

Une cravate en soie bleue complétait cet ensemble élégant.

— Comment vous sentez-vous ? demanda la psychiatre d'une voix inquiète.

— Je suis heureux de constater que Scotland Yard se rend enfin à la raison et que la vérité triomphe. Et j'aimerais obtenir des excuses.

— Ne poussez pas trop loin le bouchon, Dainton !

— Ce serait pourtant la moindre des choses, ne trouvez-vous pas ? Ma réputation a été ternie et ma santé altérée. Le Yard me devra réparation.

— Rassurez-vous, précisa l'avocate Dorothea Lambswoll, vous obtiendrez gain de cause. Et la presse le fera savoir.

Higgins s'approcha de Dough Dainton.

— Ne vous croyez surtout pas hors d'atteinte, professeur. Je sais que vous êtes un tueur en série, un psychopathe irrécupérable, un être glacé dépourvu de toute sensibilité. Nous finirons par vous empêcher de nuire.

Le professeur éclata de rire.

— Vous n'avez rien compris, inspecteur ! Maître Lambs-woll et la doctoresse Martina Sigol m'ont innocenté, vous entendez, innocenté ! Contrairement à ce que vous suppo-sez, je suis tout à fait hors d'atteinte. Je vais reprendre mes cours et continuer à répandre la bonne parole à mes élèves. Ne suis-je pas une sorte de bon pasteur, un bienfaiteur de l'humanité ? Allons, inspecteur, reconnaissez votre incom-pétence et votre défaite ! Ce tueur en série est une sorte de génie que vous ne parviendrez jamais à identifier.

La psychiatre prit le bras du professeur.

— Partons, recommanda-t-elle.

— Permettez-moi de savourer ce moment, exigea Dough Dainton. Scotland Yard humilié, impuissant, à mes pieds, quel bonheur ! Un grand moment de mon existence que je n'oublierai jamais.

— Taisez-vous et venez. Vous avez besoin de soins.

— J'ai surtout envie d'un excellent déjeuner ! L'ordinaire de Scotland Yard est vraiment misérable. J'imagine déjà le saumon sauvage, un gigot d'agneau, des légumes de saison et un fondant au chocolat ! Aimez-vous le chocolat, doc-teur ?

— Sortons d'ici, professeur insista Martina Sigol.

— Adieu, inspecteur ! lança l'érudit.

— Au revoir, monsieur Dainton.

L'avocate, la psychiatre et le professeur quittèrent le bureau du superintendant.

Les poings serrés, la profileuse shoota dans une chaise comme si elle voulait marquer un but de plus de cinquante mètres.

— On est en pleine folie ! Ces deux pasionarias ont-elles soif de nouveaux cadavres ?

213

— Ne baissons pas les bras, décida Marlow ; il ne faut surtout pas perdre Dainton de vue. Je vais demander à mes meilleurs limiers de s'occuper de lui.

— S'ils se font repérer, objecta Higgins, vous aurez de sérieux ennuis.

— On ne peut quand même pas rester inactifs !

— Toute démarche officielle aboutira à un échec, et maître Lambswoll saura l'exploiter au maximum.

— Que proposez-vous Higgins ?

— Que dix policiers jouent le rôle de chauffeurs de taxis. À tour de rôle, ils passeront régulièrement devant le domicile de Dough Dainton et suivront ses déplacements. Ce n'est qu'un pis-aller, je le reconnais, mais il évitera peut-être un nouveau meurtre.

— Je m'occupe immédiatement de la mise en place de ce dispositif, décida Marlow en décrochant son téléphone.

Les ordres du superintendant furent brefs et précis.

— Le filet sera opérationnel dans moins d'une heure, promit-il. Et nous n'en resterons pas là ! Je vais convoquer les trois bridgeurs qui ont fourni ce merveilleux alibi au professeur Dainton et j'ai bien l'intention de les remuer. Si leurs mensonges volent en éclats, nous arrêterons de nouveau le suspect. Et cette fois, son avocate ne parviendra pas à le faire libérer !

— La tâche s'annonce rude, prévint Higgins.

— Les informations que vous avez recueillies me paraissent décisives ; à nous de savoir les utiliser.

L'attitude de la profileuse inquiéta Scott Marlow. Il avait déjà vu quantité de jeunes enquêteurs dans cet état et connaissait leurs réactions.

— Ne commettez surtout pas d'erreurs irréparables, mademoiselle, et n'imaginez pas pouvoir, à vous seule, surveiller Dainton et l'empêcher d'agir. À présent, cette affaire vous échappe ; je vais vous confier un nouveau dossier, et le travail vous remettra d'aplomb.

La jeune femme opina du chef.

— On est souvent déçu, dans ce métier, ajouta le superintendant, mais ce n'est pas une raison pour renoncer. Nous aurons Dainton, à condition de ne pas faire de faux pas. Entendu ?

— Entendu, superintendant.

— Alors, au travail.

— 54 —

Vêtu d'un costume pied-de-poule, le garagiste Frank Bairos semblait mal à l'aise. Il fut étonné de découvrir, dans la salle d'attente, le professeur Philipp Sellos, à la mine de papier mâché, et le spécialiste du ramonage, Laurel Fubias, qui faisait les cent pas.

— Vous avez été convoqués, vous aussi ?

— Ça ne se voit pas ? répondit Fubias, visiblement énervé.

— Pour quelle raison ?

— Une confrontation, révéla Scott Marlow en ouvrant largement la porte de la salle. Suivez-moi, messieurs.

Mains croisées derrière le dos, Higgins se tenait dans un angle du bureau. Sellos fut le premier à l'apercevoir.

— Vous vous connaissez déjà, précisa Marlow, et nous ne sommes pas ici pour faire des mondanités. Asseyez-vous.

Laurel Fubias s'installa confortablement, Frank Bairos se tassa sur lui-même, Philipp Sellos ne posa que le bout des fesses sur la chaise métallique.

— Je vous ai réunis pour que nous pratiquions ensemble une vertu particulièrement chère à Scotland Yard, annonça Marlow : la vérité. Elle semble vous avoir échappé depuis quelque temps, et nous allons rattraper ce retard.

— Je n'ai plus l'âge de recevoir des leçons de morale, objecta Laurel Fubias, et j'ai trois cheminées d'usine à nettoyer. Alors, dites-nous ce que vous voulez, et laissez-nous partir.

— D'accord, jouons cartes sur table ! J'ai un tueur en série sur les bras, un tueur dont vous êtes les amis et auquel vous avez fourni un alibi qui lui permet d'être en liberté. Et cet alibi, je n'y crois pas.

— Dough Dainton a été remis en liberté ? s'étonna le professeur Sellos.

— Aujourd'hui même.

— Donc, il est innocent, conclut Fubias, et nous pouvons partir.

— Restez assis ! ordonna Marlow.

— Moi, je maintiens ma version des faits : mardi soir dernier, mes deux amis et moi-même avons bel et bien joué au bridge avec Dough Dainton. Il n'a donc pas pu tuer quelqu'un.

— C'est exact, approuva le garagiste d'une voix sourde.

— C'est la vérité, confirma le professeur.

— Cette vérité-là, tonna Scott Marlow, c'est un trompe-l'œil !

— Pourquoi mettez-vous notre parole en doute ? s'étonna Philipp Sellos.

— Parce que Laurel Fubias a escroqué la brillante avocate Dorothea Lambswoll et que Frank Bairos faisait chanter la non moins brillante psychiatre Martina Sigol. Ces deux militantes ont réussi à faire remettre en liberté un redoutable tueur et vous, ses partenaires de bridge, êtes étrangement reliés à ces deux femmes. Pour moi, cela s'appelle une association de malfaiteurs, et je vous accuse, au minimum, de complicité de crime.

— Comme vous y allez ! protesta Fubias. L'avocate et la psychiatre ont fait leur métier, ça ne nous concerne pas. Et

217

on ne va quand même pas payer les pots cassés parce que votre enquête a échoué.

— Cessez de protéger un assassin, exigea le superintendant. Six cadavres de jeunes femmes, ça ne vous suffit pas ?

— Mais on a vraiment dit la vérité ! assura Frank Bairos. D'accord, je me suis mal comporté avec Martina Sigol, mais c'est maintenant du passé, et il n'y a aucun rapport avec ces horribles crimes.

— Frank a raison, poursuivit Laurel Fubias. Et moi, je ne regrette pas de m'être bien amusé avec cette superbe avocate, un peu trop sûre d'elle-même. Quand il y a de l'argent à portée de main, il faut le prendre et surtout ne pas se gêner.

— J'ai bien envie de vous pourrir l'existence, annonça Marlow. Les services fiscaux, les contrôleurs de l'hygiène et ceux de l'emploi vont s'occuper de très près de vos entreprises.

— Ne vous gênez pas, rétorqua Laurel Fubias, on a l'habitude ! Les amendes, j'en ai déjà payé et je suis toujours là. Et je gagne souvent mes procès contre l'administration.

Higgins s'approcha du bureau.

— Avez-vous revu récemment et en privé l'avocate Dorothea Lambswoll ? demanda l'ex-inspecteur-chef à Laurel Fubias.

— Sûrement pas ! Entre nous, c'est fini et bien fini. Actuellement, je sors avec une jeune comédienne passionnée par le ramonage et beaucoup moins guindée que cette chère Dorothea.

— Et vous, monsieur Bairos, interrogea Higgins, avez-vous revu Martina Sigol ?

— Je me suis contenté de la joindre au téléphone pour lui annoncer la fin définitive de nos… de nos relations. Elle s'en est félicitée, et m'a souhaité un maximum d'ennuis.

— Vous trois, vous maintenez donc vos déclarations et ne modifiez en rien vos témoignages ?

— En rien, déclara fermement Laurel Fubias, approuvé par Philipp Sellos et Frank Bairos.

Le superintendant comprit qu'il avait perdu la partie.

— Êtes-vous pleinement conscients, messieurs, de votre responsabilité ?

— Les crimes que vous évoquez me font horreur, affirma le garagiste. C'est pourquoi je ne vous ai pas menti, et mes amis non plus. Mardi soir dernier, Dough Dainton était bien parmi nous et n'a pu commettre de meurtre.

— Cette confrontation est terminée, décida Marlow. Vous pouvez disposer.

Les trois hommes ne se firent pas prier. Sellos referma la porte du bureau.

— Notre dernière chance, estima le superintendant, est un nouveau coup de folie de Dainton. S'il attaque une jeune femme, il sera pris en flagrant délit.

— Mais elle aura probablement perdu la vie, déplora Higgins. Il frappe à la vitesse d'un serpent et ne laisse aucune chance à sa victime de lui échapper.

— Je vais demander à mes hommes de se montrer particulièrement vigilants et d'intervenir au moindre comportement suspect. Une tâche délicate, j'en conviens, mais que faire d'autre ? Et si ces trois bonshommes ne mentent pas, il y a un deuxième assassin en liberté !

— J'ai besoin de réfléchir, mon cher Marlow.

— Higgins... Vous n'allez pas tenter d'intercepter seul Dough Dainton ?

— Non, je rentre à mon hôtel pour classer mes notes. Peut-être un peu de lumière en jaillira-t-il.

Dans le couloir, le professeur Philipp Sellos attendait l'ex-inspecteur-chef.

— Pourrais-je vous parler... de manière non officielle ?

— 55 —

Philipp Sellos était encore plus pâle que pendant la confrontation.

– C'est très important, inspecteur. Vous m'inspirez confiance et je dois soulager ma conscience ; néanmoins, je compte sur votre absolue discrétion.

– Souhaitez-vous marcher ?

– Excellente idée.

Une petite pluie fine était propice à la promenade.

Les deux hommes sortirent de New Scotland Yard, traversèrent Victoria Embankment et longèrent la Tamise sur laquelle circulaient bateaux et péniches.

– Je tenais d'abord à vous confirmer la véracité des propos de mes deux amis, Laurel Fubias et Frank Bairos. Dough Dainton ne nous a pas quittés, mardi soir dernier, et nous ne nous sommes séparés qu'à 1 h 30.

– Il ne s'est pas absenté, même une demi-heure ?

– Il ne s'est éloigné de la table de bridge qu'une seule fois, pour aller aux toilettes, et ce fut très bref.

– Ni Bairos ni Fubias n'ont quitté votre appartement pendant la partie ?

– Ni l'un ni l'autre. Nous quatre sommes des passionnés de ce jeu de stratégie, et aucun n'en perdrait une miette.

– Vous plaidez donc en faveur de l'innocence de Dough Dainton, constata Higgins.

— En tout cas, ce soir-là, il n'a assassiné personne ! Pour le reste, je l'ignore. À la réflexion, il était vraiment très mystérieux, trop sans doute, comme quelqu'un qui a de lourds secrets à cacher. Mais il n'est pas le seul.

— À qui d'autre pensez-vous ?

— Je croyais bien connaître le garagiste Frank Bairos. C'est un homme plutôt fruste, bon époux et bon père de famille, amateur de plaisirs simples. Il aime son travail, est parvenu à attirer une clientèle aisée et se félicite de son succès. Et j'apprends qu'il est devenu maître-chanteur, en utilisant un incident survenu sur un terrain de rugby ! De mon point de vue, cette histoire ne tient pas debout.

— La psychiatre Martina Sigol confirme les faits, précisa Higgins.

— Évidemment, puisque c'est elle, la manipulatrice ! Un superbe tour de passe-passe, destiné à vous égarer.

— Éclairez-moi, professeur Sellos.

— Mon ami Bairos est, paraît-il, un excellent garagiste et un technicien de première force. En revanche, sa gestion laisse parfois à désirer ; lui-même m'a confié qu'il éprouvait parfois quelques difficultés à boucler ses fins de mois. Je ne sais comment la doctoresse Sigol l'a appris – sans doute par l'intermédiaire de Dainton – mais elle a su tirer parti de l'information. C'est elle, j'en suis persuadé, qui a comblé le trou financier qui risquait de causer de graves ennuis à Frank Bairos. Évidemment, cette aide n'était pas gratuite ; en échange, la psychiatre lui a forcément demandé un service discret dont j'ignore la nature exacte. Je crains cependant que ce service-là ait dépassé les frontières de la légalité.

— Pourriez-vous être plus précis ?

— Malheureusement non, inspecteur, mais j'ai le sentiment que Frank s'est laissé entraîner sur une mauvaise pente. C'est un brave garçon, trop influençable, prêt à faire n'importe quoi pour sauver son entreprise. Martina Sigol l'a perçu, et ses dons de psychologue lui ont permis de le manipuler à sa guise.

— On jurerait que vous connaissez bien cette psychiatre, professeur Sellos.

— Pas du tout ! Mais elle fait suffisamment parler d'elle pour que l'on puisse juger de son envergure.

Un énorme corbeau survola les deux hommes et se posa sur un banc. Peut-être venait-il de la Tour de Londres où il préservait la tradition et s'autorisait-il une excursion avant de reprendre son tour de garde.

Le ciel gris était en parfaite harmonie avec les eaux de la Tamise qui, placide, observait les incessantes mutations de Londres.

— Remarquez, reprit Philipp Sellos, je pardonne à mon ami Frank Bairos ; en revanche, je juge inexcusable le comportement de Laurel Fubias. Pourtant, nous nous entendions bien. Vif d'esprit, travailleur acharné, sans cesse à la recherche de nouveaux marchés, il a monté de toutes pièces une remarquable entreprise. En un temps record, il a développé une belle affaire ; au fond, il possède toutes les qualités que je n'ai pas. Et j'admirais son esprit d'initiative. Mais cette fois, il est allé trop loin.

— Je ne vous suis pas, professeur.

— Il s'est vanté de son exploit : escroquer l'avocate Dorothea Lambswoll. Pour moi, elle est un modèle. Il en faudrait mille comme elle ! En défendant avec acharnement les droits de l'homme et la dignité de la personne humaine, même s'il s'agit d'un criminel, elle contribue à l'évolution de l'humanité vers le vrai progrès social. Personne n'a le droit de s'attaquer à une femme de cette qualité ; et mon ami Fubias, en qui j'avais confiance, a osé la salir ! Jamais je n'aurais imaginé un pareil méfait. Le commerce, les affaires et le goût du gain ne sauraient justifier un tel forfait. Trop, c'est trop ! Et j'ajoute que mon jugement à propos de Laurel Fubias s'est profondément modifié : un escroc est forcément un menteur, et un menteur triche forcément au jeu. Autrement dit, tous ses triomphes au bridge deviennent suspects ! Jamais plus je ne l'inviterai chez moi. Des parties truquées… Quelle honte !

— Son partenaire privé n'était-il pas Frank Bairos ? demanda Higgins.

— Des complices… Non, impensable ! La pomme pourrie, c'est Laurel Fubias. Avec une telle mentalité, ne serait-il pas capable de tout ?

— Iriez-vous jusqu'à penser que Laurel Fubias pourrait être un tueur en série ?

— Non, bien sûr que non… Mais les événements récents ont prouvé ma naïveté. Et quand je me remémore certaines attitudes de Fubias, je m'interroge.

— Ne vous posez-vous pas les mêmes questions à propos de Dough Dainton ?

— Si, mais il n'a ni le dynamisme ni la capacité d'entreprendre de Fubias. À supposer qu'ils fussent plus ou moins complices, ce serait lui la tête pensante. Vous livrer mes pensées les plus secrètes est une douloureuse épreuve, inspecteur, et je ne voudrais pas influencer votre jugement ; mais j'estimais nécessaire de vous parler sans détours. Vous saurez certainement trier le bon grain de l'ivraie.

— Le ciel vous entende, professeur. Avez-vous réfléchi à l'appel téléphonique anonyme qui vous a demandé d'intervenir ?

— En vain, inspecteur ; comme je vous l'ai dit, je suis incapable de préciser s'il s'agissait d'un homme ou d'une femme. Et plus je réfléchis, moins je comprends l'origine et la nécessité de cet appel. À moins, évidemment, que Fubias ou Bairos, ou les deux, ne soient mêlés à ces abominables crimes. Bonne chance, inspecteur.

— 56 —

Perplexe, Higgins prit un taxi et se fit déposer au cœur du quartier où avaient été commis les crimes. Il ne pleuvait pas, mais le brouillard commençait à envahir la capitale.

Une vendeuse, une étudiante, une femme de ménage, une serveuse, une avocate et une infirmière... Six femmes assassinées de la même manière, mais sans aucun lien entre elles, à part le fait de fréquenter le terrain de chasse d'un prédateur redoutable.

Les lieux du drame n'étaient pas très éloignés les uns des autres. Ils présentaient le même aspect : une ruelle tranquille où l'assassin pouvait agir très vite et sans être aperçu de quiconque. Seul un éventuel clochard pouvait surprendre le fauve, mais Dough Dainton avait pris soin de s'assurer, avant d'agir, que l'impasse était vide.

Il suivait sa victime, toujours après avoir dîné dans un bon restaurant où il se montrait exigeant, et frappait avec un parfait sang-froid. Puis il procédait à son rituel macabre en déposant sur le cadavre des objets qui avaient, pour lui, une signification précise.

Aujourd'hui en liberté, il songeait forcément à sa prochaine proie. Le dispositif de surveillance l'empêcherait-il de nuire ? Sous la protection de son avocate et de sa psychiatre, Dainton devait se sentir encore plus fort. Animé par un sentiment d'impunité, jugeant parfaitement licite sa croisade meurtrière, le professeur continuerait à supprimer des femmes qu'il croyait correspondre, un instant, à son idéal de dément. En le décevant, elles méritaient la mort.

Tout semblait affreusement clair, à l'exception du meurtre de la sixième victime.

Accepter l'alibi fourni par les trois « amis » de Dough Dainton revenait à accréditer l'existence d'un autre assassin, agissant exactement comme lui. À moins que cet « autre » ne soit l'auteur des six crimes et Dainton injustement accusé.

Depuis quelques minutes, on suivait Higgins qui approchait de l'endroit où avait été tuée l'infirmière. Le brouillard s'était épaissi, les passants se faisaient rares.

Habitué à de longues promenades en forêt, l'ex-inspecteur-chef pouvait marcher plusieurs heures sans se fatiguer. En pressant le pas, peut-être sèmerait-il le suiveur si ce dernier ne disposait pas d'un bon souffle.

— Attendez ! cria une voix féminine.

Higgins se retourna.

La psychiatre Martina Sigol vint à sa rencontre.

— Je voulais vous parler, inspecteur.

— Savez-vous où nous sommes ?

— Moi aussi, je désirais voir les lieux des crimes.

— Étrange démarche, ne trouvez-vous pas ?

— Mes dossiers sont toujours très précis, et je ne néglige rien pour comprendre la psychologie d'un patient.

— C'est à moi de ne pas comprendre, docteur ; de quel patient parlez-vous, puisque vous estimez innocent le professeur Dough Dainton ?

— Marchons, s'il vous plaît. Je déteste ce brouillard qui nous enveloppe comme un linceul.

La psychiatre était vêtue d'une grande cape rouge et d'un bonnet de laine orange. Sa voix tremblait un peu.

— En psychiatrie, expliqua-t-elle, culpabilité et innocence sont des termes dépourvus de signification. Le mot « folie » lui-même n'a aucun sens. À certains moments, nous sommes responsables de nos actes, à d'autres non. Si l'on m'apprenait que le professeur Dainton est venu ici, ou sur les lieux où ont été commis d'autres crimes, je n'en serais pas surprise. Son inconscient cherche à se libérer du poids de toutes les fautes commises par l'humanité. Il en va de même pour tous les individus, mais certains se sentent plus concernés en raison de la fragilité de leur psychisme ; et c'est à moi de le renforcer. Mais je n'ai pas l'intention de vous faire un cours de psychiatrie ! Je souhaitais vous parler de ma grande amie, Dorothea Lambswoll.

— Est-elle au courant de votre démarche ?

— D'ordinaire, nous nous disons tout et ne nous cachons rien, d'où la parfaite efficacité de notre collaboration. Et cette fois… Elle a couché avec ce type grossier qui ramone des cheminées ! Elle, dans les bras de ce rustaud qui ne songe qu'à gagner de l'argent et à l'escroquer ! Je le verrais bien en tueur de femmes, celui-là. Au moins, si elle m'en avait parlé, je l'aurais dissuadée de tenter cette aventure stupide et elle ne serait pas tombée dans ce traquenard. Maintenant, c'est terminé, et elle m'a tout avoué en déplorant profondément sa naïveté. Quel gâchis !

— Dorothea Lambswoll n'aurait-elle pas eu une liaison avec le professeur Philipp Sellos ? demanda Higgins.

— Certainement pas ! D'ordinaire, elle ne s'amuse qu'avec des juges et des magistrats. Avec ce fumiste de Laurel Fubias, elle a voulu s'encanailler et l'a payé fort cher. Heureusement, ce genre de déviance se guérit facilement, et Dorothea ne commettra plus jamais ce genre d'erreur. Je vous conseille fortement de vous intéresser de très près à cet escroc.

— Puisque nous en sommes aux confidences, docteur, pensez-vous que maître Lambswoll est réellement persuadée de l'innocence du professeur Dainton ?

— Absolument, inspecteur ! Sauf avec ce Fubias, Dorothea n'a jamais triché. Sa brillante carrière plaide pour elle, car l'on ne remporte pas autant de victoires sans une réelle conviction.

— Et si elle s'était trompée en faisant innocenter des assassins ?

— C'est que la justice n'aurait pas fait correctement son travail ! Aux yeux de Dorothea, même un assassin est un être humain qui mérite respect et considération. Elle est tout à fait sincère et croit à l'avènement de ce monde meilleur ; c'est pourquoi vous la trouverez à la tête de toutes les croisades contre l'oppression. Et nul ne pourra l'acheter.

— Elle-même n'achète-t-elle pas certains juges ?

— Ce sont des termes bien excessifs, inspecteur ; parfois, tout est affaire de circonstances. Je peux vous garantir l'absolue moralité de Dorothea, et ce n'est pas à vous que j'apprendrai qu'il faut se méfier de la médisance. Que fait Dorothea, sinon se battre courageusement avec les armes de la légalité pour assurer le triomphe du droit ? Jamais, et d'aucune façon, elle ne se mêlera à un complot criminel. Sa largeur de vue la situe bien au-delà de ces turpitudes. Bonne fin de soirée, inspecteur.

— 57 —

Marlow ne quittait plus son bureau. Veillant sur sa ligne, il se contentait d'une pinte de bière irlandaise, d'un sandwich au saumon et à la confiture de framboise, d'un baba au rhum et d'un demi-litre de café.

Quand il vit réapparaître Higgins, il poussa un soupir de soulagement.

— Pas de nouvel attentat contre vous ?

— Pas le moindre, superintendant.

— Excellent ! Baldur était donc bien le coupable. Celui-là, je vais m'en occuper personnellement ; il passera le reste de son existence derrière les barreaux. Et je peux vous jurer que je ne lâcherai pas l'affaire Dainton. Maître Dorothea Lambswoll croit avoir remporté la partie, mais elle ne connaît pas Scott Marlow ! Je conteste ses conclusions et celles de la psychiatre Martina Sigol. Comme les indices permettant d'incriminer le professeur Dainton sont accablants, j'ai adressé un dossier complet à un juge qui déteste les agissements de maître Lambswoll. Et il est bien décidé à contre-attaquer !

Higgins éprouvait une profonde estime pour le superintendant. Ne supportant ni l'injustice ni le mensonge, il n'hésitait pas à mettre sa carrière en péril pour préserver l'honneur de Scotland Yard dont la mission consistait à protéger la vie, la tranquillité publique et à lutter contre le crime. Contre vents et marées, et quelle que fût l'évolution du monde et de la société, Scott Marlow demeurait inébranlable.

— Maître Lambswoll nous a envoûtés, affirma-t-il, et nous avons cru à sa toute-puissance ! À croire que nous ne possédons aucune expérience... Et nous nous sommes laissés prendre à son éloquence ravageuse ! La loi se retournera contre elle, vous verrez.

Higgins ne tenta pas de briser le bel optimisme du superintendant.

— Que donne la surveillance du professeur Dainton ?

— Mes hommes ont repéré les détectives privés employés par maître Lambswoll pour protéger ce tueur en série. De bons professionnels qui font leur boulot avec rigueur, mais nous disposons de davantage de personnel.

— Comment se comporte Dainton ? demanda Higgins.

— D'après les premiers rapports, rien d'anormal. Il sort deux fois par jour de son domicile, la première pour faire des courses, la seconde pour se promener, une demi-heure environ. Pas de visites.

— Son téléphone est-il sur écoute ?

— Pas par le biais de Scotland Yard, car maître Lambswoll finirait par le savoir. J'ai requis l'aide d'un vieil ami des services des renseignements qui a compris l'urgence de la situation.

— Quels résultats ?

— Aucun. Dainton n'appelle personne, personne ne l'appelle. Ah, si ! Il a contacté le directeur de son université qui lui a accordé un congé sans solde jusqu'à ce qu'il soit définitivement innocenté.

— Étrange isolement, jugea Higgins. Pas de contacts avec son avocate, sa psychiatre et ses trois amis bridgeurs… Le professeur devient une sorte de pestiféré.

— Il prépare un nouveau crime, j'en suis sûr ! Ce type est un monstre froid qui ne pense qu'à tuer.

On frappa à la porte.

— Entrez !

Les bras chargés de dossiers, la profileuse Angota Kingsley obtempéra.

— Nous sommes occupés, mademoiselle, dit Marlow. Revenez plus tard.

— J'ai… J'ai des aveux à vous faire, superintendant.

Higgins et Marlow fixèrent la jeune femme dont les joues s'empourprèrent.

— Nous vous écoutons, mademoiselle.

— Vous m'aviez ordonné de ne plus m'occuper du dossier Dainton, rappela la profileuse, et j'ai désobéi.

— Expliquez-vous, exigea le superintendant.

Angota Kingsley baissa les yeux.

— Je suis persuadée que le professeur Dainton est un tueur en série et que sa remise en liberté est une faute grave. Les indices sont formels : il commettra un nouveau crime.

— En relisant son dossier, demanda Higgins, avez-vous découvert des éléments nouveaux qui nous permettraient de remettre Dainton en prison ?

— Malheureusement non, mais je confirme mon diagnostic ; malgré mon manque d'expérience, je conteste l'analyse de la psychiatre Martina Sigol. À mon avis, elle commet une lourde erreur, soit par aveuglement soit par intérêt.

— Quel serait cet intérêt ? s'étonna Scott Marlow.

— Je n'ose imaginer un lien privilégié avec l'assassin !

— À part cette hypothèse sulfureuse, mademoiselle, qu'avez-vous de concret à nous proposer ?

230

La profileuse se raidit.

– Je suis une scientifique et une femme de dossier, déclara-t-elle avec gravité. C'est pourquoi je me suis intéressée aux trois amis du professeur Dainton qui lui ont fourni un alibi apparemment inattaquable ; en me servant de votre nom et de votre autorité, j'ai pu vérifier aux archives si l'un d'eux était déjà connu des services de police.

– Vous auriez pu me demander mon avis ! tonna Marlow.

– Vous étiez si occupé, superintendant ! Et puis c'était une démarche presque sans espoir. Pourtant…

– Pourtant ?

– J'ai découvert un détail surprenant.

– Lequel, mademoiselle.

– Frank Bairos, le garagiste, ne semble pas être un parfait honnête homme.

– Pour quelle raison ? demanda Higgins.

– Il a déjà été condamné pour faux témoignage. Comme il s'agissait d'une affaire sans gravité et qu'il s'est rétracté rapidement, la sanction a été légère.

– Je me rends immédiatement à son garage, décida Higgins.

— 58 —

Le chef d'atelier achevait la remise en état d'une vieille
Jaguar quand Higgins se présenta au garage de Frank Bairos.
— Votre patron est-il disponible ?
— Désolé, il vient de partir.
— Où puis-je le trouver ?
— Ça, je n'en sais rien.
Au ton gêné du technicien, l'ex-inspecteur-chef comprit
qu'il mentait.
— Si vous me dissimulez le moindre détail, prévint-il,
vous risquez d'être considéré comme complice dans une
affaire criminelle.
— Oh là, pas question ! Moi, je me contente de faire mon
boulot et je ne me mêle pas des affaires du patron !
— En ce cas, répondez-moi : où est-il allé ?
— Pour tout vous dire, depuis votre dernière visite, il est
de plus en plus nerveux. Et ce matin, il m'a dit : « Je vais
voir l'avocate. » Je vous jure que je n'en sais pas plus.
— Cela me suffira.
Higgins prit un taxi qui le conduisit à l'hôtel particulier
de Dorothea Lambswoll.
Le majordome ouvrit la lourde porte de chêne.
— Monsieur désire ?

232

— Voir immédiatement maître Lambswoll, répondit Higgins.

— Je crains que ce ne soit impossible. Madame est en rendez-vous.

— Elle l'ignorait, mais elle en a un second avec Scotland Yard. Avertissez-la de ma présence, je vous prie.

— Si monsieur veut bien patienter dans le hall…

L'attente ne fut pas longue.

Le majordome introduisit l'ex-inspecteur-chef dans le petit salon orné de vitraux représentant des fauves. De nombreuses fleurs artificielles étaient toujours disposées dans des poteries chinoises d'époque récente, mais les roses rouges avaient été remplacées par des blanches.

Tassé sur lui-même, assis dans un angle de la pièce, Frank Bairos évita de croiser le regard de Higgins.

Vêtue d'un chemisier orange en soie sauvage et d'un pantalon noir s'arrêtant à mi-mollet, l'avocate se leva pour affronter l'intrus.

— J'espérais ne plus vous revoir, inspecteur, et surtout pas chez moi !

— Désolée, maître. Les enquêtes criminelles présentent parfois des exigences inattendues.

— Soyez plus clair !

— Quelques lenteurs administratives ont retardé l'obtention d'un renseignement de première importance, à savoir le faux témoignage de Frank Bairos dans une affaire précédente.

— Je peux tout expliquer, protesta le garagiste, je…

— Taisez-vous ! ordonna l'avocate. À présent, j'assure votre défense, et moi seule prendrai la parole en votre nom.

— Le petit mensonge de Mr Bairos peut laisser supposer qu'il a fourni un faux alibi à son ami, le professeur Dainton, avança Higgins.

— Non, protesta de nouveau le garagiste, je...

— Pour la dernière fois, taisez-vous ! exigea Dorothea Lambswoll. Vous ne connaissez pas les méthodes de la police, moi si. Et vous ne risquez absolument rien si vous suivez strictement mes recommandations.

Frank Bairos opina du chef et se tassa un peu plus.

— Si votre client a menti, maître, reprit Higgins, ses deux amis bridgeurs, Philipp Sellos et Laurel Fubias, ont sans doute fait de même. Et l'alibi du professeur Dough Dainton ne tient plus.

— Conclusions ô combien hâtives, inspecteur ! La petite faute commise par mon client n'était qu'un faux pas dans le cadre d'une procédure commerciale, sans aucune comparaison possible avec une affaire criminelle. Vous ne pouvez nullement vous inspirer de cette anecdote pour formuler une accusation aussi grave qui frise la diffamation et l'abus de pouvoir. Je prouverai d'ailleurs que mon client a fourni un témoignage erroné, et non faux, en raison de pressions inqualifiables exercées par la partie adverse, et je rétablirai ainsi sa réputation de parfait honnête homme. Pour votre information, sachez que j'ai contacté Philipp Sellos et Laurel Fubias afin de les informer. Ils confirment leurs déclarations, comme mon client qui ne répondra plus à aucune question hors de ma présence, et seulement si je l'estime nécessaire. Si vous continuez à l'importuner, il s'agira de harcèlement policier, et je vous ferai condamner.

— Pourquoi refusez-vous de voir la vérité en face, maître ?

— La vérité, la voici, affirma l'avocate : vous êtes complètement perdu et tentez désespérément de vous accrocher à une fausse piste qui vous fournit un coupable commode, le professeur Dainton. Et comme votre échec est consommé, vous essayez d'incriminer ses amis et de détruire un alibi inattaquable. C'est dérisoire, inspecteur ! Bien entendu, et cela ne me surprend pas, le superintendant Marlow ne renonce pas à ses erreurs et croit pouvoir influencer la justice en utilisant ses relations. Peine perdue, dites-le lui ! À présent, sortez de chez moi. Et si vous m'importunez une nouvelle fois, j'appellerai la police.

— 59 —

Scott Marlow menait deux batailles, aussi rudes l'une que l'autre : la première contre la justice, la seconde contre les médias. La campagne de presse orchestrée par Dorothea Lambswoll battait son plein et connaissait un franc succès : un brillant professeur d'université injustement accusé, un tueur en série en liberté, l'incapacité de Scotland Yard à résoudre une affaire criminelle. Grâce à sa stature et à son autorité, le superintendant constituait l'ultime digue capable de retenir cette lame de fond. Mais pour combien de temps encore ?

— Je suis arrivé trop tard, confessa Higgins ; maître Lambswoll a déjà mis la main sur Frank Bairos. Impossible de l'interroger.

— Par saint Patrick ! On jurerait qu'elle a décidé de nous faire tourner en bourriques ! Je vais convoquer Sellos et Fubias pour leur apprendre que leur ami bridgeur s'est déjà rendu coupable de faux témoignage.

— Inutile, mon cher Marlow, c'est déjà fait. Maître Lambswoll s'en est chargée, et ils ne changeront pas un mot à leurs déclarations.

— Autrement dit, impasse totale !

— Un détail à vérifier : maître Lambswoll aurait-elle appelé Dough Dainton ?

— En effet ! Elle lui indique que tout va bien et que les démarches absurdes de Scotland Yard ne mèneront nulle part. Elle lui recommande de dormir tranquille en attendant sa réhabilitation publique.

— Et Dainton n'a toujours appelé personne ?

— Personne.

— En étudiant les dossiers des bridgeurs, Angota Kingsley a-t-elle découvert d'autres détails intéressants ?

— Je la convoque.

La profileuse accourut.

— Désolée, dit-elle, pas de nouvelle piste. Le passé de Bairos ne suffit-il pas à relancer l'enquête ?

— Pas selon maître Lambswoll, déplora Marlow. Indice trop mince.

— Alors, elle triomphe et ce tueur de Dainton restera impuni !

— Nous n'en sommes pas encore là, mademoiselle.

— Et si je reprenais l'ensemble des rapports de la police scientifique ? Nous n'avons peut-être pas tenu compte de tous les détails !

— Excellente idée. Mettez-vous immédiatement au travail.

Nourrie d'un nouvel espoir, la profileuse s'éclipsa.

— On ne sait jamais, prophétisa le superintendant.

— J'ai besoin de réfléchir, dit Higgins. Si vous avez besoin de me contacter, appelez-moi au Connaught.

*
* *

Lustres de cristal, grands miroirs, panneaux de chêne verni : le restaurant du Connaught était un modèle de raffinement. Higgins commanda une spécialité de la maison, la queue de bœuf accompagnée de haricots verts, et choisit un vin italien fruité et léger, le montepulciano.

Page après page, il feuilleta son carnet noir sur lequel il avait pris quantité de notes à la fois brèves et précises. C'était là qu'il fallait chercher la vérité, une vérité éclatée dont la reconstitution s'annonçait particulièrement délicate. Il ne fallait surtout pas être esclave d'une théorie préconçue et s'obscurcir l'esprit, au risque de s'égarer. L'ex-inspecteur-chef devait agir à la manière des vieux alchimistes : placer les bons matériaux dans l'athanor, le fourneau des trans-mutations, et attendre que l'or naisse de lui-même.

Qui avait menti, quels étaient les véritables liens entre les suspects, le professeur Dainton avait-il agi seul ou avec des complices, qui manipulait qui ? À ces questions, Higgins pouvait fournir un certain nombre de réponses convain-cantes. Mais il subsistait néanmoins une énorme zone d'ombre, et il lui manquait encore l'axe capable de donner une cohérence à cette affaire criminelle hors du commun.

Pourtant, il avait la certitude que l'explication se trouvait là, dans ces lignes provenant de ses observations et de ses interrogatoires. Mais fallait-il avoir des yeux pour voir.

Tout en dégustant une île flottante crémeuse à souhait, l'ex-inspecteur-chef songea à chacun des suspects, à leur parcours, à leurs relations plus ou moins avouées et plus ou moins surprenantes avec le professeur Dainton. Il se remé-mora leur visage, leurs attitudes, leurs déclarations.

Le doute constructif : telle était la base de l'intuition que Higgins exerçait depuis sa première enquête. Quels que fussent les progrès de la police scientifique, cette faculté-là serait toujours nécessaire.

Le maître d'hôtel servit à l'ex-inspecteur-chef un arma-gnac hors d'âge, produit par un spécialiste qui réservait ses chefs-d'œuvre au Connaught. N'était-ce pas en Angleterre que l'on trouvait les meilleurs vins et alcools français ?

En feuilletant les pages de son carnet, Higgins sentit que le processus alchimique s'accomplissait. Il devait se garder de toute nervosité et de toute précipitation pour ne pas l'interrompre.

Et ce fut la première gorgée de la délicieuse tisane au serpolet, sucrée au miel d'acacia, qui lui procura l'illumination tant espérée.

Bien sûr, il avait oublié de poser une question. Une question pourtant évidente, essentielle, mais qui s'était évaporée dans le feu de l'action.

Alors, tout devenait clair.

Et la vérité était plus effroyable que tout ce que l'on pouvait supposer.

Un peu gêné, le maître d'hôtel vint prévenir Higgins.

— On vous demande au téléphone. Très urgent.

L'ex-inspecteur-chef quitta la table.

À l'appareil, Scott Marlow.

— Venez vite, Higgins ; le professeur Dainton vient d'échapper à notre surveillance. Depuis plus d'une heure, nous avons perdu sa trace.

— 60 —

Marlow emmena Higgins dans sa vieille Bentley, contrariée d'être réveillée à une heure tardive. Détestant sortir la nuit, son moteur avait besoin d'un nombre suffisant d'heures de sommeil pour fonctionner de manière satisfaisante.

Vaillante et disciplinée, elle s'élança néanmoins vers le domicile du professeur Dainton où les deux détectives employés par maître Lambswoll s'enguirlandaient avec des chauffeurs de taxi, les policiers nommés par Scott Marlow pour surveiller Dainton.

La Bentley s'immobilisa, Marlow en jaillit.

— Ça suffit ! Taisez-vous, les uns et les autres.

L'un des détectives se rebella.

— Je n'ai pas à vous obéir, et vous n'avez pas le droit de vous approcher du professeur Dainton !

— Je vous arrête pour non-assistance à personne en danger et complicité de meurtre.

Le détective en resta bouche bée.

— Une seule chance d'échapper à la prison, poursuivit Marlow : dites-moi si vous savez où se trouve Dainton.

— Je… Jc le croyais encore chez lui. Sinon, mon collègue et moi-même l'aurions suivi !

— Disparaissez.

Vu la colère à peine rentrée du superintendant, les deux détectives obtempérèrent. Et Marlow passa un savon à ses hommes qui avaient laissé échapper le tueur en série.

– Peut-être Dainton est-il allé dîner, espéra le superintendant. Mais je crains le pire… Et je vais ordonner le quadrillage du secteur où ont été commis les assassinats. Ce malade n'osera quand même pas recommencer en se sachant observé !

Higgins demeura silencieux.

Les deux hommes remontèrent dans la Bentley et rentrèrent au Yard. L'un et l'autre partageaient la même crainte ; bientôt, le téléphone sonnerait pour leur annoncer une effroyable nouvelle.

Et il sonna.

Le superintendant décrocha.

– Oui, Marlow… Ah, maître Lambswoll ! Je vous écoute… Vos détectives ? Je n'en ai vraiment rien à faire, et je compte bien les accuser de complicité de meurtre ! Savez-vous que le professeur Dough Dainton a disparu ? Non, bien sûr ! Et vous seule, je suppose, ne redoutez pas que l'on découvre, au petit matin, un nouveau cadavre de femme ! Moi et l'inspecteur Higgins en sommes malheureusement persuadés, et je ne manquerai pas de souligner le rôle catastrophique que vous avez joué dans cette affaire. Même un avocat ne se situe pas au-dessus des lois et, si le pire advient, vous aurez des comptes à rendre à la justice.

Excédé, Marlow raccrocha.

– Celle-là, j'aimerais bien la voir finir au trou !

– Qui sait ? s'interrogea Higgins.

L'un après l'autre, les chefs de patrouille entrèrent en contact avec le superintendant.

Rien à signaler.

Et puis, à minuit et une minute, survint l'appel tant redouté.

— Une femme brune, répéta Marlow, et plutôt jeune… À quel endroit ? … J'arrive tout de suite.

— Je préviens Babkocks, décida Higgins.

La moto du médecin légiste et la vieille Bentley arrivèrent en même temps sur les lieux du crime, à mi-chemin entre l'endroit où avait été assassinée l'étudiante Samanta Jones et celui où la serveuse Margaret Thorp avait perdu la vie.

Une impasse, des poubelles, et un cadavre.

— Elle a environ vingt-cinq ans, estima Babkocks, et, à première vue, à été dénuquée comme les autres.

Les yeux de la victime étaient bandés avec une écharpe de laine. Sur la poitrine, une bouteille de lait au soja scotchée avec un adhésif. Dans le nombril, un morceau de cristal de roche. Sur le sexe, un morceau de velours rouge. Et le pied gauche recouvert de peinture orange.

— Ce n'est pas le même assassin, estima Scott Marlow.

— Si, le contredit Higgins ; Dough Dainton est bien l'auteur de ce crime.

— Pourtant, les indices sont différents !

— Il ne pouvait pas agir autrement.

— Combien de crimes ce dément va-t-il encore commettre ?

— C'était le dernier, affirma l'ex-inspecteur-chef. Nous allons mettre fin à cette croisade criminelle.

— Vous… vous en êtes sûr ?

— J'ai omis de vérifier un détail ; faites-nous apporter les scellés concernant le meurtre de l'infirmière Patricia Hurst.

*
* *

L'ex-inspecteur-chef examina les objets découverts sur le cadavre de la malheureuse.

— Regardez, superintendant ; la chaussette orange est, certes, de bonne qualité, mais ne provient certainement pas de chez Barnaby Mc Alister ; et cet honnête mouchoir brodé n'a pas été acheté chez James et James. Si nous analysions le morceau de lapis-lazuli, nous constaterions qu'il n'est pas de la qualité de celui vendu par Waxmore.

— Autrement dit, ces indices ne proviendraient pas du stock de Dainton !

— L'identité du coupable ne fait plus aucun doute. Et voici comment nous allons procéder.

Le plan qu'exposa Higgins déplut fortement à Marlow.

— Beaucoup trop dangereux !

— Je sais que vous ferez le nécessaire, superintendant.

— Dans ce genre de situation, un accroc est toujours possible !

— J'ai confiance. Et c'est le meilleur moyen d'obtenir une preuve irréfutable.

— Les risques me paraissent trop importants et...

— Ne perdons plus de temps, mon cher Marlow.

— 61 —

Malgré l'heure tardive, la lumière éclairait encore la petite maison de la profileuse Angota Kingsley. Higgins vit passer la petite chatte noire, en quête d'une proie.

Il sonna à la porte.

Ce fut une jeune femme en robe de chambre, les cheveux défaits et les pieds nus, qui lui ouvrit.

— Inspecteur ! Que se passe-t-il ?

— Une mauvaise nouvelle, mademoiselle. Puis-je entrer ?

— Bien sûr !

— Vous travaillez bien tard.

— La nuit est un moment propice pour étudier les dossiers en profondeur, et je n'ai pas besoin de beaucoup de sommeil. Un peu de café ?

— Non, merci ; je n'aperçois pas vos deux matous bariolés.

— Ils dorment sur mon lit. Une mauvaise habitude, j'en conviens, mais ils sont trop vieux pour que je les dérange.

Higgins s'approcha d'une aquarelle évoquant la Tamise en hiver.

— Pourriez-vous l'éclairer, mademoiselle ?

— Mais… Volontiers !

Une petite lampe mit en valeur l'œuvrette. Au-dessus, une fenêtre tout en longueur qui permettait d'apercevoir la pleine lune.

— Ce tableau magnifique me rappelle une époque révolue et paisible.

— Quelle est cette mauvaise nouvelle, inspecteur ?

— Un nouveau meurtre.

— Dainton, évidemment ! Et je parie, comme je vous l'avais annoncé, qu'il a modifié les objets déposés sur le cadavre.

— Exact.

— Bientôt, il va changer de terrain de chasse ! Et nous ne parviendrons plus à le repérer.

— Ne soyons pas si pessimistes, recommanda Higgins.

— Sept crimes… Dainton a déjà commis sept crimes !

— Non, seulement six ; ce n'est pas lui qui a tué l'infirmière Patricia Hurst. L'alibi fourni par les trois amis bridgeurs du professeur Dainton était valable. Obsédé par le nombre neuf, il comptait commettre neuf crimes, comme le prouvent les indices découverts dans sa cave, le 9 bis. Mais le sixième répondait à une autre logique, celle de l'être maléfique qui le manipulait depuis le début de sa croisade criminelle. Cet être qui a fait appeler l'avocate Dorothea Lambswoll pour lui demander de défendre le professeur Dainton.

— N'a-t-il pas donné lui-même cet appel ?

— Impossible. Il était sur écoute, et aucun appel n'a été enregistré.

— Alors, qui ?

— La personne en qui Dainton avait totalement confiance et qui savait quel avocat et quel psychiatre contacter pour lui redonner la liberté. Cette même personne qui m'a parlé de cinq victimes, des jeunes femmes brunes, âgées d'au moins vingt ans et de pas plus de trente, et célibataires. Comment pouvait-elle le savoir, à moins de les connaître et de les avoir désignées à l'exécuteur ? Même la meilleure des profileuses ne pouvait aboutir à une telle précision. Bien sûr, vous avez reconnu vous être avancée, mademoiselle. Simple facilité de langage, en apparence.

— Et c'était bien le cas, inspecteur !

— À ce stade de l'enquête, je l'ai considérée comme telle ; mais en reliant ce faux pas à vos autres petites erreurs, la lumière s'est établie. En dépit de votre remarquable sang-froid, vous vous êtes affolée lorsque vous avez redouté que je parvienne, avec mes méthodes particulières, à arrêter Dough Dainton. Je vous privais ainsi d'une éblouissante victoire qui lançait de manière particulièrement remarquable votre carrière de profileuse. Une solution : me supprimer. Et là, un concours de circonstances vous a servi : la libération de Baldur. « Je suis une femme de dossiers », avez-vous affirmé. Et c'est votre force principale, en effet. En utilisant les données dont vous disposiez aisément à partir de Scotland Yard, vous espériez faire de Baldur le coupable idéal. Mais vous m'avez raté, mademoiselle, car le destin n'avait pas fixé ma dernière heure. Et la silhouette de mon agresseur, vous en l'occurrence, ne correspondait vraiment pas à celle de Baldur. Ensuite, impossible de tenter à nouveau de me supprimer, puisque Baldur, l'agresseur officiel, était derrière les barreaux.

— Un superbe roman ! s'exclama la profileuse, visiblement irritée.

— Après cet échec, il vous fallait brouiller les cartes au maximum. En tuant l'infirmière Patricia Hurst, vous comptiez bien, grâce à la détermination de l'avocate et de la psychiatre, faire libérer votre assassin pour l'arrêter vous-même un peu plus tard, même s'il devait commettre encore quelques crimes. Il était votre créature, la clé de votre succès. Quand vous avez exécuté Patricia Hurst, vous ne disposiez pas des fétiches de votre protégé, et vous vous êtes procuré des objets leur ressemblant au mieux. C'est vous qui avez appelé le professeur Philipp Sellos, un lâche et un peureux, afin qu'il contacte ses deux amis, Fubias et Bairos, lesquels joindraient l'avocate et la psychiatre. Les pistes ainsi mélangées et croisées, comment s'y reconnaître ?

– Nous restons dans la fantasmagorie, inspecteur.

– Dough Dainton fait une fixation sur sa mère, cette mère porteuse qu'il idéalise et qu'il veut à tout prix retrouver. Et comme chacune des malheureuses choisies le déçoit, il s'estime en droit de les tuer. Vous avez admirablement décrit sa psychologie, mademoiselle, puisque vous l'avez façonnée vous-même. Mais votre créature vous a trahie en parlant de sa mère hollandaise, pour justifier la couleur orange des chaussettes. Comment a-t-il appris cette information, alors que l'identité de sa génitrice aurait dû rester secrète ? Uniquement par une femme de dossiers, qui plus est de la police, ayant accès à tous les services administratifs. Vous saviez tout sur cette mère porteuse et vous avez trouvé un sujet d'exception, particulièrement réceptif, en la personne du professeur Dainton. Façonner un assassin pour mieux l'arrêter et se faire ainsi briller… Je n'ai jamais rencontré machination aussi diabolique ! Et même mon intervention ne vous a pas stoppée. En arrêtant Dainton, je vous reléguais dans l'ombre. Puisque vous n'avez pas réussi à me supprimer, vous avez commis un meurtre à la manière de Dainton, sachant qu'il bénéficiait d'un alibi inattaquable, et que l'avocate et la psychiatre, dûment choisies par vos soins, en tireraient argument pour le faire libérer. Et, bien entendu, le professeur recommencerait à tuer jusqu'à ce que vous, et vous seule, mettiez fin à ses activités monstrueuses.

– Si telle était la vérité, estima la profileuse, elle serait tout à fait atroce et je serais encore plus folle que ce malheureux psychopathe. Mais vous ne pourrez rien prouver !

– La meilleure preuve se trouve ici, chez vous. Après avoir accompli un nouveau crime, où Dough Dainton pouvait-il trouver refuge, apaisement et conseils, sinon chez sa directrice de conscience, sa véritable mère qui lui donne le droit de tuer ? Un détail m'échappe : à quel moment avez-vous décidé d'éliminer enfin ce monstre et de tirer toute la gloire de cette action d'éclat ?

Les traits d'Angota Kingsley devinrent d'une dureté incroyable.

– Vous croyez avoir gagné, inspecteur ? Eh bien, vous vous trompez. Dough, je suis en danger !

La porte de la chambre s'ouvrit à la volée, et le professeur Dough Dainton, armé d'un couteau, se rua sur Higgins.

Brisé en plein élan par la balle d'un tireur d'élite qui avait traversé la fenêtre bien éclairée, le tueur en série s'écroula aux pieds de l'ex-inspecteur-chef.

— Épilogue —

— Vous avez pris des risques insensés, dit Marlow à Higgins. Ce fou furieux aurait pu vous embrocher !

— Je savais que vous choisiriez un technicien de première force, superintendant.

— Au moins, ce dément ne bénéficiera pas d'un procès largement médiatisé et de la défense d'une troupe d'avocats et de psychiatres qui nous auraient démontré son irresponsabilité ! Ils se contenteront de la profileuse Angota Kingsley. Nous avons retrouvé chez elle une belle collection de dossiers concernant la mère porteuse de Dainton et les sept malheureuses victimes. Patricia Hurst, l'infirmière qu'Angota Kingsley a dénuquée elle-même, lui avait fait des piqûres voilà six mois. Comme elle travaillait dans le quartier choisi, elle était condamnée. Et dans un coffre mural, étaient soigneusement rangés plusieurs exemplaires des objets que Dainton déposait sur les cadavres de ses victimes.

— Voilà longtemps que la profileuse préméditait ses crimes par psychopathe interposé, ajouta Higgins.

— Pourquoi n'a-t-elle pas donné les objets à Dainton pour le septième meurtre ?

— Parce qu'il l'a prise de vitesse, tant son désir de tuer était impérieux, après sa période d'incarcération. Dainton s'est servi de ce qui lui est tombé sous la main, en imitant au mieux les règles imposées par sa manipulatrice. Regrettant d'avoir agi de son propre chef, désemparé, il ne pouvait que se précipiter chez elle pour implorer son pardon... et reprendre sa croisade criminelle.

— Et Angota Kingsley l'aurait arrêté, en le supprimant au moment où elle l'aurait décidé ! J'en ai froid dans le dos. Ah, nous y voilà !

La vieille Bentley se gara devant la petite porte par laquelle sortaient les prisonniers libérés.

Quand Baldur apparut, une petite valise à la main, Higgins se dirigea vers lui.

L'homme se figea.

— Inspecteur ! Vous n'allez pas me remettre au trou !

— Au contraire, je vous présente mes excuses et celles de Scotland Yard pour votre arrestation arbitraire. Elles s'accompagnent d'un chèque qui, je l'espère, vous fera oublier ce désagrément.

La somme, prélevée sur la cassette personnelle de l'ex-inspecteur-chef, était effectivement fort réjouissante, et Baldur ne cacha pas sa satisfaction.

— Promettez-moi de rester dans le droit chemin, exigea Higgins. C'est encore le plus court pour profiter de la vie.

— Promis, inspecteur.

Higgins remonta dans la Bentley.

— Après ce que nous venons de subir, dit-il à Marlow, nous avons besoin d'un bon repas arrosé d'un vin exceptionnel. Mary nous attend.

Ravie d'aller se promener à la campagne, la vieille Bentley ronronna comme aux plus beaux jours. Higgins songea à Trafalgar, confortablement installé sur ses coussins, et à sa roseraie dont la beauté effaçait l'horreur de la condition humaine.

ŒUVRES DE CHRISTIAN JACQ

Romans

L'Affaire Toutankhamon, Grasset (Prix des Maisons de la Presse).
Barrage sur le Nil, Robert Laffont.
Champollion l'Égyptien, XO Éditions.
L'Empire du pape blanc (épuisé).
Et l'Égypte s'éveilla, XO Éditions :
    * *La Guerre des clans.*
    ** *Le Feu du scorpion.*
    *** *L'Œil du faucon.*
Imhotep, l'inventeur de l'éternité, XO Éditions.
Le Juge d'Égypte, Plon :
    * *La Pyramide assassinée.*
    ** *La Loi du désert.*
    *** *La Justice du vizir.*
Maître Hiram et le roi Salomon, XO Éditions.
Le Moine et le Vénérable, Robert Laffont.
Mozart, XO Éditions :
    * *Le Grand Magicien.*
    ** *Le Fils de la Lumière.*
    *** *Le Frère du Feu.*
    **** *L'Aimé d'Isis.*
Les Mystères d'Osiris, XO Éditions :
    * *L'Arbre de vie.*
    ** *La Conspiration du mal.*
    *** *Le Chemin du feu.*
    **** *Le Grand Secret.*
Le Pharaon noir, Robert Laffont.
La Pierre de Lumière, XO Éditions :
    * *Néfer le silencieux.*
    ** *La Femme sage.*
    *** *Paneb l'Ardent.*
    **** *La Place de Vérité.*

Pour l'amour de Philae, Grasset.
Le Procès de la momie, XO Éditions.
La Prodigieuse Aventure du lama Dancing (épuisé).
Que la vie est douce à l'ombre des palmes (nouvelles), XO Éditions.
Ramsès, Robert Laffont :
  * *Le Fils de la Lumière.*
  ** *Le Temple des millions d'années.*
  *** *La Bataille de Kadesh.*
  **** *La Dame d'Abou Simbel.*
  **** *Sous l'acacia d'Occident.*
La Reine Liberté, XO Éditions :
  * *L'Empire des ténèbres.*
  ** *La Guerre des couronnes.*
  *** *L'Épée flamboyante.*
La Reine Soleil, Julliard (Prix Jeand'heurs du roman historique).
Toutankhamon, l'ultime secret, XO Éditions.
La Vengeance des dieux, XO Éditions :
  * *Chasse à l'homme.*
  ** *La Divine Adoratrice.*

Ouvrages pour la jeunesse

Contes et Légendes du temps des pyramides, Nathan.
La Fiancée du Nil, Magnard (Prix Saint-Affrique).
Les Pharaons racontés…, Perrin.

Essais sur l'Égypte ancienne

L'Égypte ancienne au jour le jour, Perrin.
L'Égypte des grands pharaons, Perrin (couronné par l'Académie française).
Les Égyptiennes, portraits de femmes de l'Égypte pharaonique, Perrin.
Les Grands Sages de l'Égypte ancienne, Perrin.
Initiation à l'Égypte ancienne, MdV Éditeur.
La Légende d'Isis et d'Osiris, ou la victoire de l'amour sur la mort, MdV Éditeur.

Les Maximes de Ptahhotep. L'enseignement d'un sage du temps des pyramides, MdV Éditeur.

Le Monde magique de l'Égypte ancienne, XO Éditions.

Néfertiti et Akhénaton, le couple solaire, Perrin.

Paysages et paradis de l'autre monde selon l'Égypte ancienne, MdV Éditeur.

Le Petit Champollion illustré, Robert Laffont.

Pouvoir et Sagesse selon l'Égypte ancienne, XO Éditions.

Préface à : Champollion, *Grammaire égyptienne*, Actes Sud.

Préface et commentaires à : Champollion, *Textes fondamentaux sur l'Égypte ancienne*, MdV Éditeur.

Rubriques « Archéologie égyptienne », dans le *Grand Dictionnaire encyclopédique*, Larousse.

Rubriques « L'Égypte pharaonique », dans le *Dictionnaire critique de l'ésotérisme*, Presses universitaires de France.

La Sagesse vivante de l'Égypte ancienne, Robert Laffont.

La Tradition primordiale de l'Égypte ancienne selon les Textes des Pyramides, Grasset.

La Vallée des Rois, histoire et découverte d'une demeure d'éternité, Perrin.

Voyage dans l'Égypte des pharaons, Perrin.

Autres essais

La Franc-Maçonnerie, histoire et initiation, Robert Laffont.

Le Livre des Deux Chemins, symbolique du Puy-en-Velay (épuisé).

Le Message initiatique des cathédrales, MdV Éditeur.

Saint-Bertrand-de-Comminges (épuisé).

Saint-Just-de-Valcabrère (épuisé).

Trois voyages initiatiques, XO Éditions :

 * *La Confrérie des Sages du Nord.*

 ** *Le Message des constructeurs de cathédrales.*

 *** *Le Voyage initiatique ou les Trente-trois Degrés de la Sagesse.*

La Flûte enchantée de W. A. Mozart, traduction, présentation et commentaire de C. Jacq, MdV Éditeur.

Albums illustrés

L'Égypte vue du ciel (photographies de P. Plisson), XO-La Martinière.
Karnak et Louxor, Pygmalion.
Le Mystère des hiéroglyphes, la clé de l'Égypte ancienne, Favre.
La Vallée des Rois, images et mystères, Perrin.
Le Voyage aux pyramides (épuisé).
Le Voyage sur le Nil (épuisé).

Bandes dessinées

Les Mystères d'Osiris (scénario : Maryse, J.-F. Charles ; dessin : Benoît Roels), Glénat-XO :
    * *L'Arbre de vie (1)*.
    ** *L'Arbre de vie (2)*.
    *** *La Conspiration du mal (1)*.
    **** *La Conspiration du mal (2)*.

Composition réalisée par PCA

Achevé d'imprimer sur Roto-Page
en janvier 2012
par l'Imprimerie Floch
à Mayenne

Dépôt légal : février 2012
Numéro d'impression : 81310
Imprimé en France